雀荘迎賓館最後の夜

大慈多聞

DAIJI TAMON

新潮社

「雀荘迎賓館最後の夜」登場人物

相葉《あいば》敏江《としえ》	雀荘迎賓館の主人
相葉《かさぎ》干城《たてき》	雀荘迎賓館の元主人。敏江の亡夫
笠置《かさぎ》俊孝《としたか》	レストランチェーン「メッシーナ」取締役。迎賓館メンバー
阿南《あなん》勘一《かんいち》	中堅広告会社の営業局長代理。迎賓館メンバー
釘宮《くぎみや》公人《きみと》	高校教師。迎賓館メンバー
志堂寺《しどうじ》寧《やすし》	志堂寺法務事務所代表。迎賓館メンバー
芙蓉子《ふゆこ》	志堂寺の亡妻
結城《ゆうき》叡介《えいすけ》	国立大生。蔵前倶楽部メンバー。迎賓館メンバーとなる
杜《と》光宇《こうう》	中華「品華亭」の主人。迎賓館メンバー
繰生《くりう》不可止《ふかし》	阿南の上司。営業局長
伊原《いはら》旭《あきら》	通販化粧品会社ヴィンクラ社長
仙波《せんば》禎之《よしゆき》	フリーカメラマン。阿南の相棒
キンタンスィン	アジア某国の民主化リーダー
吉光《よしみつ》明実《あけみ》	結城の先輩。蔵前倶楽部メンバー
分藤《ぶんどう》颯太《そうた》	蔵前倶楽部代表
生島《いくしま》晋也《しんや》	蔵前倶楽部会計
甲斐《かい》潔《きよし》	蔵前倶楽部外務
寒空《さむぞら》丞《たすく》	神農商寒空一家総長

雀荘用語集

マルA
トップ者だけがプラスの状態で終局する事。
二人浮きの場合はBトップ或いはマルB、三人浮きの場合はチンマイ。全てブー麻雀名残りの用語。但しブー麻雀では、大半の雀荘でチンマイはチョンボとなって和了できなかった。

ブー麻雀
昭和三十年代半ば、関西で生まれて全国に広まった麻雀賭博の一形態。東京ではスポーツ麻雀とも呼ばれ、四十年代半ば歌舞伎町雀荘の半数以上はこの形態だった。点数差で負け額が決まるのでなく、終局時に原点よりも浮いていたか否かで一定の支払い額が決まる。僅かでも浮いていれば場代以外は支払いの必要が無く、収支はゼロ。
例えばナナトウでBトップだと、沈んだ二人は七百円を支払い、トップ者収入は千四百円。しかしマルAになると三人が千円支払うのでトップ者は三千円を得る。ゲームを早めてフリー客の回転を上げ、場代を多く徴収しようとした雀荘側都合で始まったルールで、従来の麻雀は「長《なが》麻雀」とも呼ばれた。（ブーの導入当時、フリー卓が半荘制でなく一荘制の雀荘も多かった）

サザンが九
賭け金レートの隠語。千点三百円で三千円九千円のウマ付きの意味。
ウマ（或いはニギリ）とは着順で遣り取りする、点数とは別勘定の定額勝負。三千円総ニギリだとトップ者は三人から徴収し九千円を得る。二着は二人から貰って一人に払うので差し引き三千円のプラス。払いはこの逆。
因《ちな》みに迎賓館B卓の「一円」は千点千円の意味で「ヒラ」は上述のウマが無い事を指している。

ワレ目　配牌取り出しの山に座る者がワレ目となり、罰符を除く点棒収支が倍になるルール。

トビ　誰かが持ち点ゼロ（箱割れ）になった状態でゲームが終了するルール。
通常トンだ者にはペナルティが追徴され、原因を作った者（刈った者）がこれを得るのが普通。

完全先ヅケ　最低一役が確定していないと和了できないルール。
六万でタンヤオ、九万だと役無しの場合、確定していないと見做《みな》される。七九九九万のマチで、八万なら純全帯《ジュンチャンタ》・七万なら三暗刻《サンアンコ》も、どちらの役か確定していないとの理由で闇聴は利かない。また、自摸ると平和《ピンフ》は役が消え複合しない。ナキタンヤオも認められていない。さらに役牌を最初にポンして一役確定したノミ手は和了《あが》れるが、後から鳴いたり役牌二種の双碰《シャンポン》は、何の役か確定していないので和了《アガリ》が認められない。
俗に完先《かんさき》と呼ばれ、関西以西では昭和四十年代まで主流のルールだった。

落とし　博打において手数料やチップの性格で支払われる金。通常は一割。
ノミ屋が、正規投票券より一割安く売る差額も落としと呼ばれる。

雀荘迎賓館最後の夜

1

相葉敏江《あいばとしえ》は午後三時からの情報番組が始まると支度を始める。自宅ベランダに干した大量のハンドタオルを取り込み、これを一本ずつ丸めてオシボリの形に整形するのが最初の作業である。

雀荘迎賓館《げいひんかん》はセット五卓とフリーが二卓、一日平均稼働率は二卓を下回る。雀荘が一日五卓以上も回転していたのは大昔で、二十代の麻雀人口が大きく世代陥没した八〇年代以降、客は減る一方だった。

それでも客は顔に浮く脂を気にしてオシボリをマメに使うので、迎賓館の規模でアツシボ・ツメシボ合計一日約八十本が要る。毎日オシボリを洗い、干して準備するのは結構な手間で、この煩わしさを嫌ってレンタルにする雀荘は多いが、月二千本の発注だとウォーマー等のリース保証金を取られた上で毎月二万円近くの出費となる。

雀荘は貸し席業であって基本的には場所代以外に収入が無い。飲食は幾らか売上の足しになるが原価が掛かって儲からず、アルコールも価格に通り相場があって利幅が少ない。出前一品毎《ごと》に乗せるマージンは幾らでもなかった。どこの雀荘も売上は慢性的に下降しており、オシボリやお茶の無償サービスはできるだけ切り詰めたいのである。

もっとも、敏江が貸しオシボリを選ばない理由は、時に雑菌臭が強いのが混じるからで、亡夫から店を継いで以来ずっと自分で洗濯し続けてきた。雀荘の女主人としてオシボリが臭いとは客に言わせない、との沽券《こけん》もある。

ごく薄く化粧し、髪をひっつめにして青物横丁《あおものよこちょう》の自宅を出るのが四時前。駅に向かう途中の商店街で酒の肴を買う。アルコールを注文した客に出す御愛想の品で、一袋三枚入り宇和島《うわじま》産じゃこ天が定番。炙《あぶ》って焦げ目をつけた一枚を四つに切って楊枝を刺し、醤油皿に乗せて出す。この、ちょっとした酒肴サービスは、もう旧《ふる》い雀荘しか行わなくなったが、敏江はずっと続けてきている。

オシボリ代を倹約する一方、酒肴の出費は矛盾しているのだが、客への気遣いを自ら失うような気がして敏江は一向に止めない。今日も他にポテサラと、蕗《ふき》と蒟蒻《こんにゃく》の煮物を買った。蕗も蒟蒻もフリー卓常連の志堂寺《しどうじ》と笠置《かさぎ》の好物で、総じて年配者は雀荘で「濡れた肴」が出ると喜ぶ。柿ピーは減らず、煮物の類はすぐ無くなっている。惣菜屋でいつも二人の顔が浮かぶのは、ほんの僅かな肴に相好を崩す男の無邪気を、敏江が微笑《ほほえ》ましく思うからだった。

田町《たまち》駅の芝浦口、小さな商店街の外れに迎賓館はある。古いモルタルビルの二階ワンフロアで、入って左側にカウンター。カウンターを挟んで狭い方の二卓がフリー、広い方にセット用五卓が据えられている。

商店街側の窓は、分厚い別珍《べっちん》の二重カーテンで灯りが漏れるのを防いでおり、反対側には運河に面した小さなベランダがあった。

敏江が日課とする開店準備の大半は掃除である。営業時間中ほぼ密室の雀荘は、閉店後かなり臭気が残る。最近、天井据え付け型の空気清浄機を備える雀荘が増えたが、排除したいのは煙草臭だけではない。

雀荘には、男達の脂が酸化し発酵したような独特の臭気があって、店を引き継いだ当初、こうまで臭うものかと敏江は閉口した。何軒か回って、掃除の行き届いていない雀荘ほど臭いも強いと分かり、以来毎日の開店前掃除に敏江は多くの時間を費やす。

迎賓館は横に長いレイアウトで、両側の窓を開け放つと運河からの風が店内を横切って抜けていく。この時臭いだけでなく、店にどんより沈滞していた勝負事の「念」のようなものが一気に吹き払われていく気がして、敏江は清々《すがすが》しい。

全卓のラシャ地を、コードレスの専用掃除機で吸い上げた後、雀卓の枠、点棒箱の中まで乾湿二種のダスターで拭き上げていく。敏江が特に卓の掃除を徹底するのは、電動卓がホコリと脂を嫌うからで、故障の原因はたいていこの二つなのだ。

卓を終えたら次は床。リノリウムの床に毎日大量に出るコーヒー殻を撒《ま》き、湿った殻にホコリを吸着させた後、掃除機で吸い取る。その後、業務用洗剤を浸したモップで丁寧に拭う。敏江が店を引き継いだ時、床はパンチカーペットだったが、拭き掃除が徹底できないと、床全面をリノリウムに張り替えた。

同じく臭いが染み付きやすいカーテンにも消臭スプレーをたっぷり振り掛け、ブラシで入念にはたく。年配客は多く靴を脱いで打つので、スリッパに抗菌スプレーを丁寧に吹き付けるのも忘れない。

卓と床を終えると牌に取り掛かる。

カウンターのケースから一卓二セット、七卓合計十四セットの牌を取り出し、極薄の洗剤液に浸して固く絞った専用布で一セットずつ拭き上げ、次に乾拭《からぶ》きで仕上げる。人の脂は相当にしぶといもので、管理の悪い店で長時間麻雀を打つと爪に黒い汚れが入るが、原因は四人分の手脂が牌に付着し、局を重ねるにつれどんどん増えていくからである。この目に見えない手脂を、敏江は神経質に拭っていく。敏江自身は麻雀を打たないけれど、百三十六牌を十七枚八列に並べ、六面体を六回に分けて拭き上げる手際はリズミカルだ。

最後がカウンターで、火口三つの小さな厨房を磨いた後、業務用の大型蒸し器で持参のオシボリを蒸し始める。前夜の使用済みオシボリはレンジ下のバケツにオスバンSの希釈液を入れて漬け置きしてあり、これを運河に面したベランダの洗濯機で洗い始める。

ゴミを出した後、コーヒーメーカーでその日一煎目のコーヒーを淹《い》れ、初めて一息つく。ここまで約一時間半。この後、敏江は淹れ立てのコーヒーを飲みながらグラスを磨いて六時の開店に備える。開店と同時に流し始める有線は切ってあり、無音の店内でグラスを磨き続けるのが敏江の開店前ルーティンだった。

2

雀荘の内観は、規模の差を除けば全国何処《どこ》も似通っている。

賃料の安い二階以上の貸店舗に、リースの電動卓を置くだけで雀荘はほぼ成立するし、どの店も内装に凝らないからだ。しかしそれでいて、雀荘の空気は店毎にハッキリ異なる。

昭和六十年代までの八重洲や京橋には、驚く程多くの雀荘が軒を連ねる通りがあった。一部高級店を別にすると、どの店も似た造作・同じサービスで価格も違わないのに結構な流行《はや》り廃《すた》りが生じる。集客の差は総合的な店の雰囲気が原因なのだが、しかしこの雰囲気とは店側が意図して作れるものではなかった。

雀荘の気は偏《ひとえ》に客が醸成する。店に集《つど》う客が吐き出す人気《じんき》の総和が、その店独特の個性になるのである。だから、おっとりした人柄の店主が和気藹々《あいあい》の場を目指しても、そこで打たれる麻雀が鉄火なら、店は必ず殺伐とした刺々《とげとげ》しさを帯びる。その地熱のような気を、一部の客は嫌って店を離れ、或いはそれを好む新たな客が寄って来る。そうして雀荘の客層は固まっていくのだ。

敏江が店を継いで最初に学んだのが、このアンコントローラブルだった。自分の店の雰囲気を自ら操作できない理不尽に、敏江は当初戸惑ったが、すぐに受容する。

「決めは決め、仕来《しきた》りは仕来りよね。長い間ずっとそうだった事を、私独《ひと》りが不思議に思っても仕方ないでしょう」

敏江は無駄に抗《あらが》わない。これは彼女の鷹揚な賢さでもあるが、もう一つ、迎賓館の客質が並外れて良いと自覚するからでもあった。

迎賓館は二卓のフリーと五卓のセットで、かなり客層が違っている。フリー卓とは客が一人で来て四人揃った順で参加するシステムで、巷《ちまた》のフリー雀荘と似ているが、迎賓館は座って待てば誰でも打てるわけではない。

そもそもは開店当初、界隈《かいわい》の商店主から「フラッと一人で来て、ちょっとの間遊べるようにして欲しい」との要望に応えた制度だった。但し「面子《メンツ》を際限なく増やして欲しくない」とも言われ、新規参加は店主の責任で人選する『決め事』も併せて作られた。

メンバーは当初、自転車屋、豆腐屋、不動産屋、化粧品店、文具店、台湾料理店、法務事務所のいずれもオーナーで、グループが出来た時全員が五十代以上だった。

彼らは五時過ぎから徐々に集まり、三人集まれば敏江の亡夫が打ち繋いで四人目を待ち、決まって十時半には解散する。こうして今日まで細々と続いているのがフリーA卓。

これに対しB卓は、A卓メンバーの志堂寺が自分の知己を招いて作ったグループである。法務事務所オーナーの志堂寺は敏江亡夫の古い友人で、B卓は客枯れを案じた志堂寺による新規客招致だったが、不定期のA卓と違って毎週金曜開催が十数年も守られてきた。メンバーはレストランチェーンの役員、広告会社の社員、高校教師が主体で、時に個々の友人が参加した他、A卓からの合流もあった。

B卓メンバーはA卓よりも若かったが、麻雀打ちとしては商店街オーナー達より遥かに成熟していた。つまり両卓合わせた迎賓館の常連は大人の集団であり、この辺が店に落ち着いた空気をもたらしていたのである。

一方セット五卓の方は水道局関連グループ（芝浦に水再生センターがある）・新聞印刷会社グループ・自動車整備会社グループ・学生グループが常連だった。

この内、学生グループは蔵前倶楽部《くらまえくらぶ》と名乗る集団で、迎賓館の近くにグランドがある国立大学の学生達だった。サークルのようなネーミングは二十数年前、大学のゼミから生じた集団だそうで、代々続く歴史は迎賓館よりずっと古い。

学生はフリー卓と同じく個々に来店し、四人揃った順に奥のセット卓で打ち始める。同じ大学でも倶楽部に所属していない者は参加できないが、メンバーは誰でも入店した時点の次の半荘《ハンチャン》から参加が許された。この多面子《たメンツ》打ちのルールはユニークで、先着優先が厳しく守られる。仮に倶楽部メンバーが四人揃って来ても、先着待機者が一人居れば、四人の内の一人が摑《つか》み取りで最初から抜け番になる。六人居ればラスと三着抜けだし、二卓を使って延べ十一人参加といった開帳も珍しくない。

しかしこの運用だと場代《ばだい》の精算がややこしい。二卓以上の場合、抜け番者は早く終わった順に卓に入るので、卓を跨《また》ぐ場代の負担割合が複雑になるのだ。また、先に帰る者の場代にも公平簡明な基準が求められた。

敏江は店を継いですぐ、この解決策を編み出す。

学生個々に当人専用柄のオハジキやゴルフのグリーンマーカーを与える。学生は半荘終了の都度、各卓備え付けの場代缶に自分のマークを一個入れる。途中で止めて帰る者は、その時点の各卓料金から敏江が算出するマーク一個分の単価に、自分の参加回数を掛けた場代を缶に残していく。

このシステムは参加量に応じた負担となってフェアであり、学生から歓迎された。

また自分の名前シールが貼られた専用マーカーを持つのはボトルキープに似て、メンバー意識をくすぐる。この個人別マーカー管理は敏江に煩瑣《はんさ》な仕事を増やしたが、実はそれまで複数雀荘で打たれていた蔵前倶楽部の麻雀が迎賓館に集中する事になり、充分元の取れる手間と分かった。

ずっと後になって敏江は思い知るのだが、客の年齢層が高い事は店が上品になる反面、面子に新陳代謝が無く、売上下降と同意義なのである。その点、日中から成卓する学生グループの囲い込みは、迎賓館の営業に対し大きな意味があったのだった。

3

平成十五年一月六日月曜、この年最初の迎賓館営業日、一番の客は蔵前倶楽部の結城《ゆうき》叡介《えいすけ》だった。結城は大学の一回生で、秋口に誘われて蔵前倶楽部に入会。以来三カ月間、ケタ外れの強さを示し圧倒的な勝ち頭を続けてきた。

蔵前倶楽部では当日の勝ち頭が全卓の場代をまとめて支払いに来るのだが、その役目は決まって結城であり、しかも場代缶に残るのは結城の紅白縞チップが常に最多だった。これは座ったら抜けない結城の連勝を示しており、その実態を敏江はずっと目撃していた。

少し前は高校生だった新入生が入会以来勝ち頭を続ける事態は、長い蔵前倶楽部史でも前例が無く、勢い結城を止めろの声が倶楽部に満ちて、年末は連日昼過ぎから場が立った。

しかし敏江は、結城の麻雀は格も質も怖さも、何もかもが違う、とても倶楽部メンバーでは太刀打《たちう》ちできないとカウンターの奥から観ていた。学生の麻雀は所詮サークル内でのゲーム感覚が抜けないのに対し、結城は完全に博打と捉えているようで、逆境に耐え抜いた後一気呵成《いっきかせい》に奪っていく凄みの違いが、敏江の位置からは明らかだったのである。

敏江には、スズメ蜂が蜜蜂の巣を襲うように見えた。蜜蜂はスズメ蜂を自分達と同類と思っている。しかしスズメ蜂は蜜蜂を完全に見下していて丹念に食い殺していく。それは勝負事に不可避であって結城の罪でないと分かっていながら、敏江は結城に親しみを抱けなかった。

世間では美男で通るだろう結城の容貌も、敏江は美男子とは認めても好男子と思わない。温和で如才ない結城の涼しげな瞳に、酷薄な光が見えるように感じてしまうのだった。

元々敏江は武骨な男の純朴に甘く、取り澄ました男には辛《から》い。因みに、敏江の亡夫相葉干城《たてき》は結城と全く逆のタイプだった。

敏江は二十代、区立図書館の司書を務めており、相葉の利用者カード申請は彼女が受け付けた。見るからに高価な濃紺上下ジャージを着て髪はリーゼント（後にダックテイルと呼ぶと知る）、目付きの極端に悪い中年男を図書館スタッフは怖がり、物怖じしない敏江に応対が回った。

「アルファベットでも登録が必要なので確認ですが、あいばたてき様で宜しいですか？」

と問うた時、片眼だけ僅かに上げて頷いた相葉が、実は含羞《はにか》んでいると分かって敏江は微笑んだ。

さらに後日、返却図書に挟んだままの栞《しおり》がアリュールのロゴ入りムエット（試香紙）で、敏江が追い駆けて手渡した時、黙って頭を下げた相葉の両耳がみるみる真っ赤に染まったのに気付いた。何故かホッとするものを見つけたような気がしたのを覚えている。

敏江はこうした、男が無心で示す愛敬を愛でる反面、スマートな愛想には警戒を強める習性があった。

結局敏江は結城に、これまでの学生達には無かった強者の醒めた獰猛《どうもう》を感じ取っており、それに対して一種強張《こわば》ってしまう自分に気付いている。

しかも、その強張りが好意的反応でないと、結城に見透かされる事を敏江は怖れていた。

4

結城は初めて迎賓館を訪れた時、便利で居心地の良い場であると直感した。但し結城にとって雀荘はパチンコ店と同じで、あくまで勝負の場に過ぎず、客同士や店側と情の交流は想定もしていない。

結城は中学から郷里のフリー雀荘に通い続け、あいつは狂ったと皆が呆れるくらい深く麻雀に傾倒して半荘キャッシュを打ち込んできていた。

高三の夏は旅打ちまがいも経験し、大阪京都東京を巡って二カ月半打ち暮らしている。麻雀の深間にハマった経験量が同世代の学生とは比較にならないのだ。

大学入学後もすぐに歌舞伎町のフリー雀荘三軒を選んで半年間打ちまくった。しかし盛り場の雀荘は神経がささくれて疲れる。

職安通り裏の雀荘で結城が三連続マルAを決めた後の四回目、起家《チーチャ》で親倍を引き上がった次局にトラブルは発生した。年配者が対面《トイメン》の携帯の音にクレームを付けたのである。

「どうせ電話には出ないんだろ。だったら電源切っといてくれや。バイブだって、ああ何度も鳴りゃ気が散るわ」

「うるさいですか?」

「か、たぁなんだよ。うるせぇから言ってんだろが。おまえ、喧嘩売ってんの?」

「そこまで言われるとなぁ。爺さん、一ぺん表に出ようか」

そうやって二人で店を出て行ったきり戻らない。

眺めていた店のマスターが言った。

「その前の半荘で、二人とも残り現金が淋しくなったんじゃねえかな。自分がトップ目に立てなきゃ、何とか理由付けてノーゲームにしたかったんだろう。

兄ちゃんもカッパギ様《よう》が直線過ぎる。頭使わんで良いから、もちっと気を遣えや。万度《ばんたび》一杯に追ってると、じき遊び相手が居らんようになるぞ。ラストの場代は負けとくから、今日はもう帰んな」

歌舞伎町ではこうした剣呑な場面がしょっちゅうあって結城もウンザリしていた頃、先輩から誘われて迎賓館に辿り着いた。ここは諍《いさか》いも無く落ち着いて打てる。フリー雀荘に似たシステムで面子には事欠かず、しかも全員が勝負事に緩い。

結城は蔵前倶楽部を、食物連鎖の最底辺集団と見做《みな》していた。

メンバーのＩＱは全員高い。しかし麻雀に関しては明らかに幼稚で、それ以前の問題として、博打に参加する最低限の成熟を満たしていないと結城は思う。子供が真剣でチャンバラをやっているようなものだ。

結城にとって勝負事と賭け事にはハッキリと一線があった。勝負とは日常様々な機会で繰り返される多様な白黒である。恋愛だって一種の勝負と言えるかもしれない。一方賭け事は、そうした勝負に金を賭けて楽しむ遊戯である。大切な金銭を賭ける事で、本来の興趣や興奮を倍加させる勝負の乗算、スパイスなのだ。

ただ、この麻薬的な遊びを嗜《たしな》むには、負けても平然と己を保つ訓練が要る。蔵前倶楽部メンバーにはこの前提が不足しており、麻雀をゲームで覚えてきた彼らには、博打の基本認識が備わっていなかった。

「こんなに負けるとは思ってなかったから」とぼやき、甚《はなは》だしきは「ちゃんと払う以上多少文句をタレるのは権利だろ」等と、自分達の料簡違いに気付かない。

結城はこうした未成熟を嗤《わら》って子供の集団と見下す。

しかも蔵前倶楽部では毎年最上級生から幹事が選ばれ、花見や忘年会、スキーツアーまで開催

される と聞き、結城は感心というより驚いた。しかし参加するつもりは毛頭無い。
結城にとって麻雀は狩猟であり、同卓者は獲物であって猟師仲間ではなかったのだ。

もう一点、結城が迎賓館について気付いたのは、フリー卓メンバーの風貌が意外に良い事だった。不定期グループの方は結城にすれば公園に屯《たむろ》する好々爺《こうこうや》集団と変わらない。顔が良いと感じたのは金曜常盆のグループで、白髪の老人がリーダーらしく、他の二人も思索が表に顕《あらわ》れた味のある面相なのだった。


結城は麻雀打ちの顔を見て、その技量をある程度想像する事ができる。稀に弱いと観た者が滅法強かった例外はあるにしても、強いと感じた者が弱かった例は無い。勝負事へのタフネスに満ちた所謂《いわゆる》「バクチ焼けの顔」というものがあり、フリー卓の三人が将《まさ》にそうなのだった。

枯れ具合の良い長老、やんちゃが面に残る推定六十代、才気と反骨がハッキリ顔に出たおそらく五十代。三人とも、やたら濃い人の味が伝わって来る。

唯一分からないのが黄緑の学校ジャージを着て打つもう一人で、風貌も身嗜《みだしな》みも彼だけ異質だった。しかし観察しているとジャージに三人が敬意を払っているのが明白で、ますますこの卓が不可思議に思える。

どんな麻雀が打たれているのだろう。自分達とは何が違うのだろうか。

5

結城から、やんちゃが顔に残るバクチ焼けの男と見られた笠置俊孝《としたか》は、夕刻から会議を主宰していた。笠置は年商百億のパスタレストランチェーン、メッシーナの取締役営業本部長である。

笠置を一言で評するなら洒脱な初老の醜男《ぶおとこ》。とうに還暦を過ぎていたが、妙な艶と愛敬があって見た目は爺むさくない。一見無地、近寄って初めて小紋と分かるイタリア生地でスーツを仕立てるような渋い洒落っ気もあり、フランチャイジーの社長達に人気があった。

複数事業を興して生き抜いてきた地方の老獪《ろうかい》なオーナー達は、チェーン事業と自分達を結ぶ取次の人肌を殊更重視する。利益相反が起きやすいフランチャイザーとフランチャイジーの間で、双方の顔を立てながら折り合いを付けていくのは取次の器量だからだった。

そうしたオーナー達は、有能でも選択肢が垢抜けない者より、馬鹿でも遊び込んできた男のセンスを信じる。それが全員に共通する経験則なのだ。その点「軟派のなれの果て」を自認する笠置の人肌は好まれた。

実は笠置は相当にシニカルなのだが、それを茶目っ気で覆って終始ニヤニヤしている。一方かなりのテレ性でもあった。しかも恥ずかしく感じるポイントが人とズレており、何よりも鹿爪《しかつめ》らしい言動を苦手とした。尤《もっと》もな正論を誇らしく語る手合いには、ハイハイと民謡の合いの手を入れたくなる。自らも年度方針等を語らねばならぬ場面で、最後は必ず「な〜んてな」と付け加えたい衝動があった。

それでいて筆マメな能書家であり、故事や風流にも通じていたりする。見た目の磊落《らいらく》と、その内側の細かな神経、さらにそれらを笑って韜晦《とうかい》するごった煮は、笠置という人柄を面白くしたが、かなり難解にもしていた。

笠置は四十一年前、一軒のスパゲティ専門レストランとしてメッシーナが開店した際、学生アルバイトで入店。以来六十三歳になる今日まで、店の成長と己の人生を重ねて来た。

スパゲティと言えばナポリタンかミートソースだった時代、和風レシピを供する競合チェーンが無かった事が幸いして事業は伸び、今や全国に直営四十店フランチャイズ三十店を数える。

その成功の軌跡は店舗から社業への発展であり、それが成ったのは笠置の経営感覚と粘り強さに負うところが大きい。言うなれば創業の功臣で、開店時からのメンバーは社長と夫人の副社長、笠置の三人だけ。この他は名目上の役員に過ぎずメッシーナは実質三人で回っていた。


今日の会議はフランチャイジーの一社から提案された新規出店のFSだった。FSとはフィジビリティスタディの略で、事業化試算の意である。調査スタッフが様々な角度から集めたデータを統合し、想定地に出店した場合の事業性を予測する重要なプロセスだ。

提案は郊外ロードサイドの広い敷地を単独使用する大型店舗だった。大型店はチェーン全体に及ぼす宣伝効果が大きいため、メッシーナ本社としても新規開店には積極的になる。しかし事業規模が膨らめばリスクも巨大化する理屈で、開店して閑古鳥《かんこどり》が鳴くと「あのフランチャイズは流行らない」と、ブランド全体に負の影響が及んでしまうのだ。

メッシーナの場合、直営店がフランチャイズ店より多いのは出店条件を厳しく運用してきたからで、遊閑地を持つ地方の金持が強く望んでも、安易に開店は認めなかった。

この点、金主であるフランチャイジーに対しても妥協しない笠置の方針は徹底している。

因みに郊外型レストランは概ね半径一キロが商圏だが、河川や丘陵、幅の広い幹線道路に遮られると商圏円は歪《ゆが》む。さらに候補地の面する道路が生活道路か産業道路かによっても売上は変わるし、登り坂か下り坂か、中央分離帯の有無も繁盛に影響を与える重要な変数だった。

実際に調査を行ったリサーチャーの基礎報告は一時間に及んだ。

「総括しますと、該地の現状総合評価はCマイナですが、一点好材料があります。二キロ先に二百戸の大型分譲マンションが二年後に完成予定で、ここの入居者に若年ファミリー層が多ければ、期待値を上方修正できる可能性があります」

笠置はすかさず質問する。

「先の事はともかく、隣地の写真に桜の大木が数本映っていたよな。航空写真であれだけ大きいと、店舗側外側車線からのビジュアリティはどうなの？」

「それがですね、桜は境界に沿って六本あって全部自治体の保護樹木なんです。どれも高さ十メートル以上の古木で枝が繁ってますから、店舗側道路からの看板視認は手前三十メートルがやっとでしょう」

「三十メートルじゃ看板遠望はほぼ期待値ゼロだ。しかも桜は花が咲いてる内は見事だが、虫も多い。駐車場の位置によっては客からクレームも来るだろう。誰か夜陰に乗じて枝を少々切ってくれんかな。里のわたりの夕まぐれって、知らんか」

正成正行《まさしげまさつら》別れの桜繫がりは、流石《さすが》に誰からも反応が無い。

「夕まぐれと言えばさ、交通量の昼夜間格差が思っていたより大きいね。デカい公園が近くにあるのがプラスポイントだったが、こうも夜間通行量が少ないと平日夜の営業は相当キツいなぁ」

実は、物件を提案してきたフランチャイジーは既に不退転の決意を固めている。出店に不向きの地味《ちみ》と判定しても、どうせ社長に泣きつくわけで、笠置はCマイナス評価のまま上程する事にした。

「演繹《えんえき》的妥当性より事業主体者の意志が尊重される、ってか」

笠置は外資系コンサルが逃げを打つ際の常套句を思い出す。


その時、携帯がメール着信を知らせて震えた。

迎賓館の敏江からで、

「今日は木曜ですが、来店はありえませんでしょうか？　実は、杜《と》さんからお店の工事で急に休みになったと早々に面子確認がありました。A卓は立ちませんとお伝えしたらB卓でも構わないと。お見えになれるようでしたら志堂寺さんと阿南《あなん》さんにお尋ねします」

6

港北商店街の「品華亭《ひんか》」は迎賓館が中華の出前を頼む古い付き合いの台湾料理屋である。亭主の杜光宇《こうう》さんが麻雀好きで、十数年も前からフリーA卓の常連だった。いつもは閉店後の片付けが終わる九時頃、場が立っているか確認に立寄るのだが、今日は珍しく開店スタメンだった。

その人柄のせいで、杜さんが面子に加わると雀卓は一気に賑やかになる。

「志堂寺さんとこ、法律事務所ですよね。

実はウチの店、天井に突然シミが浮き出してきてね、漏水だって。それがちょうど厨房の換気扇のすぐ横で、ウチ油いっぱい使う、危ないでしょ。昨日急いで工事に入ったけど、大家さんに店の休業補償、請求できますよね。コーキング剤って接着剤みたいな匂いがきつくて、今日も店を開けてません。三日は大きいですよ」

問われた志堂寺が穏やかに答える。

「ウチは弁護士居ないから法務事務所です。休業補償は請求できるでしょう。でも、あらかじめ賃貸契約書にこうした事態の決め事が書いてあるんじゃないかな。補償額の計算式は、笠置さんの方が詳しいですよ」

志堂寺に振られて笠置も答える。

「想定売上の全額は無理だけど、粗利の日数分を家賃から相殺する事は要求できるな。但し売上と仕入れの明細をきちんと示した上での交渉だよ。

その場合、休業中に使わなかったコストは差し引けと言われるから、それは先に引いておいて、逆に野菜だの肉だの一旦廃棄した上で新たに買い直さなきゃならん費用を加算するのが手筋だね。

ただ大家が保険会社に丸投げすると、やれ納税証明出せだのと折衝は一挙にハードになる。あまり欲かかず、そこそこで手を打つのが賢いと思うけど」

「アイヤー、そうなの。休業太り無理ですかね。だったら今日はB卓ゴールデン面子だし、私帰ろうかな」


ところがその日、大概出ると負けの杜さんが吹き上がった。

もともと杜さんには、自摸《ツモ》に沿って手牌を変化させる発想が無い。配牌《ハイパイ》でイメージした手役に向かってまっしぐらに和了《アガリ》を目指す。仕掛けも早く、和了は一役晒《さら》してドラ2か、染め手ザンクがやたらと多い。それでいて手牌が詰まった後に他家からリーチが入ると、躊躇なく面子を中抜きしてオリ始める。安牌《アンパイ》に窮すと捨牌一つ毎に気合を込め、通れば安堵、当たれば消沈を繰り返す。つまりは善人麻雀であり、フリーB卓では技量が数等落ちるのだが、その日は不思議と自摸が利いて半荘二回連続マルAを獲った。

「どうしたのでしょうか。こつこつ地道に生きてきたから玉皇大帝《ぎょくこうたいてい》が漏水を憐れんでくれましたかね」

自らのツキを訝《いぶか》る杜さんに他の三人は苦笑しつつ、しかしこの後の展開は違ったものになるだろうと予測していた。

ところが半荘三回目も杜さんの勢いは止まらない。タンヤオドラ2、リーチ自摸、白北《ハクペイ》ドラ1と小刻みに和了を続け、南入《ナンニュウ》の時点では四千点程の独り浮きだった。南一局の六巡目、ラス目の親の志堂寺から早いリーチが掛かる。

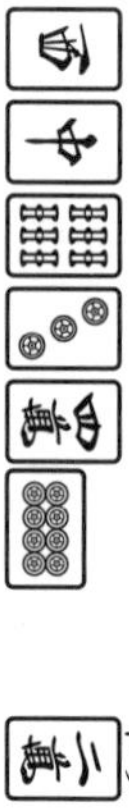

捨牌に特段のクセは無い。しかし杜さんの手は中張牌《チュンチャンパイ》の対子《トイツ》が多く、サバきが難しい。

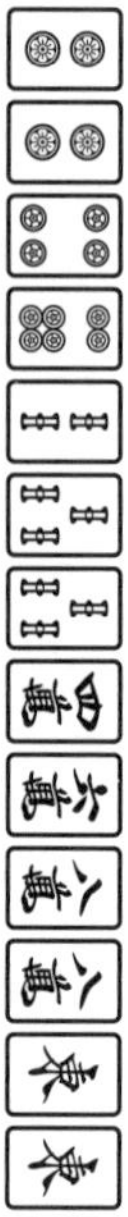

ここに八索《パーソウ》を自摸って考え込んだ。三巡目の六索《ローソウ》切りが早い事が、逆に作為のように感じて跨ぎ筋は打ち難い。初牌《ションパイ》の東《トン》は、親と対死《モチモチ》のシャボがあった場合の失点が大きく、これも切り出せなかった。杜さんは慎重に現物の四万《スーマン》から捨て始める。

八巡目志堂寺が五筒《ウーピン》を自摸切ったので、後筋を追って二筒《リャンピン》の対子を落としたら、これがブチ当たった。

裏《うら》1乗ってインパチ。杜さんは手を開き、笠置と阿南に問う。

「この手で何打ちますか？　二筒しか無いでしょ？」

確かにこの手組なら誰だって二筒を打つ。しかしこの手組にした経過が罪なのだ。微差のトップ目が絶対安牌を残さず、中途半端に手なりを打った緩《ゆる》みが問われたのである。

さらに良くないのが反省という内向。勝負事の最中の反省は、思考の幅を狭めるだけで益は無い。熟考した上の放銃《ほうじゅう》なら堂々としていれば良く、向こう傷で手は落ちない。

しかし杜さんに出合い頭を弾き返すタフネスは無く、この放銃を境にハッキリ失速した。

結局半荘三回目はこの後三者がバタバタ自摸り合い、杜さんがチンマイを食らう。

半荘四回目、笠置は阿南を警戒する。

笠置は広告屋という人種を信じなかった。

映画「十二人の怒れる男」で陪審員中、最も軽薄であり、テレビドラマ「奥さまは魔女」のサマンサ亭主も中途半端な男だった。

しかし阿南に会って印象を改める。

年齢は一回り下なのに、自分より深沈《しんちん》として思慮深いのである。

麻雀は渋く、切れ味は実に鋭い。緩急のリズムが小気味良い、面子に入ると嬉しい相手だった。

その阿南はここまでの三回、全て二着で凌いできた。特に三回目のオーラスは面混《メンホン》リーチに三暗刻《サンアンコ》を付けて引き上がり、志堂寺のトップを覆すには至らなかったが、仕上がりの予兆を感じる。杜さんの時間を耐えてきた分、本人もここが先途と構えている筈だ。

もともとゲーム回しは迎賓館一巧い阿南だから、仕上がったら最後、長く場を支配するだろう。そうなる前に躱《かわ》しておきたいが、なまじ「往《い》なし」に行って正面向き合うと大怪我を負いかねない。

もし阿南に先《セン》を取られたら真っ向勝負は避けよう。今競《せ》ってもおそらく自分に目は無い。笠置はラスト半荘一回に賭けるのだと自らに言い聞かせる。

案の定四回目は阿南が巧みに場を回して小場を制した。阿南、志堂寺、笠置、杜の着順。ここまで笠置は四着、四着、三着、三着と全く振るわなかった。配牌に無駄な字牌が多く、役牌が重なると今度はピタッと場に出ない。対死か、必ず絞られる展開になるのだ。稀に字牌が無い手が来ると、今度は重くて横に伸びない。かと言って縦目《たてめ》の勝負手にも育たず所謂「凝《こ》り形《がたち》」で終わってしまっていた。

典型的な不ヅキの症状だが、こうした場合、笠置に特別な対処法があるわけではない。頑《かたく》なに、じっと動かない事を己に課す。動かないけれど、いつか起こるだろう極《ご》く小さな変わり目を見逃すまいと、その事だけに集中して待ち続ける。笠置はこの点、実に辛抱強い。

じっと耐え続けていると今までと違う微風のような変化を感じる時がある。その変化に過《あやま》たず順応すると、今度はかすかに光明が射して来るような局面が来る。但しこの光明は常に難しい複数の応用問題を伴っており、これを連続して全部ノーミスで凌いで初めて手牌がほぐれ始める。

　波が訪れるとすればこの後であり、しかも最初の波に巧く乗る事ができれば、もう迷い無く自摸の伸びに委ねて打てる。つまり笠置にとって、紛れがある内は本調子でない。配牌のイメージと自摸が一致しない間は、仮に三色の形が見えたとしても、けっして成就しないと知っていた。自分のゲームになれば手役は自然に出来るものであり、その態勢になる前に役を追ってしまうと却って墓穴を掘る事を暗黙知として大切にしていたのである。

　半荘五回目。おそらく今日の最終回。迎賓館では金曜を除き、フリー卓は午後十一時を過ぎて新しい回に入らない。セット卓の客に十二時閉店を告げるのに障るからである。

　起家となった笠置は期待を込めて配牌を取ったが、相変わらずのクズ手。復調の兆しは全く見えなかった。

　しかし待望の変化は東一局八巡目に現れた。ドラが八万《パーマン》で、上家の杜さんが場に三枚目の七万《チーマン》を両面でチー。直後に流れた自摸が五万《ウーマン》、次いで二索《リャンソウ》、四万。こうした展開で流れて来る牌は十中八九当たる。特に二索は場況から絶対に打てない。笠置は、

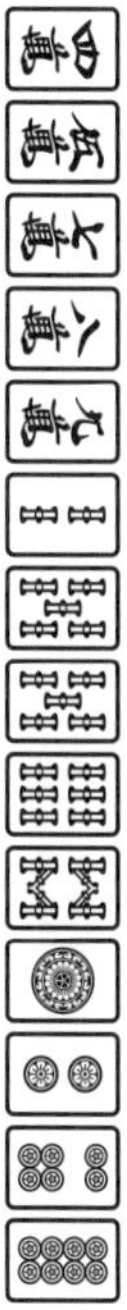

　この手から筒子《ピンズ》辺張《ペンチャン》を落とし始め、次に八索、七索《チーソウ》と引いて手牌は変化した。

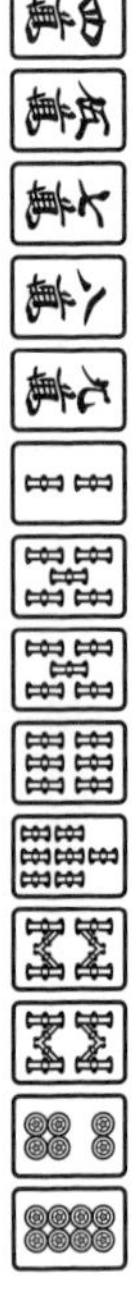

この手で二索を抱く限り聴牌《テンパイ》は遠い。親を可愛がって強く出るなら二索、五索《ウーソウ》と捌く一手だが、ドラ2以上想定される杜さんに通るかどうか。聴牌でもないこの牌姿から今二五八索で放銃してしまうと、これまでの辛抱は無に帰す。チャンスはもう絶対に来ないだろう。

しかしもし二五八索が入り目で、この迂回で親番を落としたら最終回のチャンスは無い。迷う内にふと気付いた。問われているのは通るか当たるかではなく、打たないと定めた決意の固さだ。ここで辛抱できるのが自分の取り柄であり、長年のフォームだった筈。

笠置は意を決して筒子嵌張《カンチャン》を払う。流局時、笠置の最終形は、

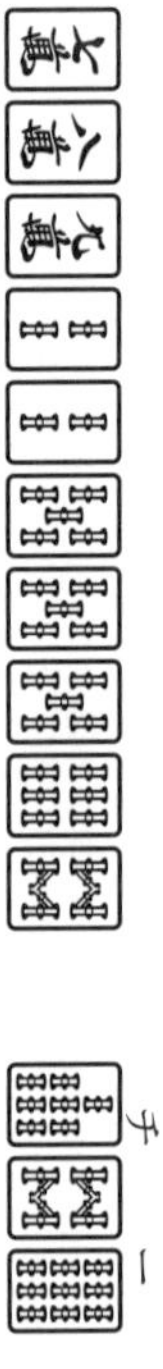

杜さんの手牌は、

笠置は息を吐いた。辛うじてエラーは避けて聴牌は保ったものの、波は未だ遠い。

次局もクズ手だった。ドラも、手役の芽も無い。

ドラ

面子が端に寄って動き難く、役牌が重ならない限り聴牌は難しい。しかしこれまでとは違い、僅かながら自摸が内側に伸びる気配があった。六巡目に一盃口《イーペイコー》ができて手が締まる。

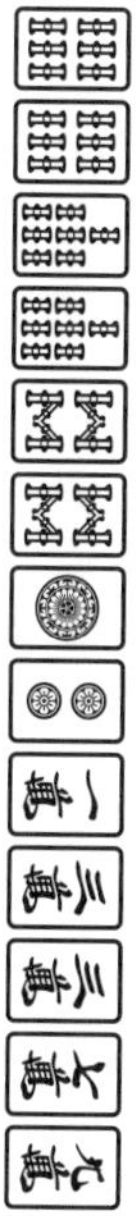

但し八万は既に二枚切れで、この形のままの和了はほぼ望めない。

八巡目に局面が動いて、先ず志堂寺がリーチ。同巡阿南がドラ四万を手出しで叩き切って追っ掛けた。この時の志堂寺と阿南の手牌は以下で、二人とも勝負手だった。

志堂寺

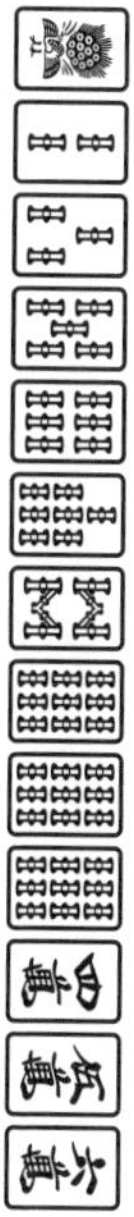

阿南

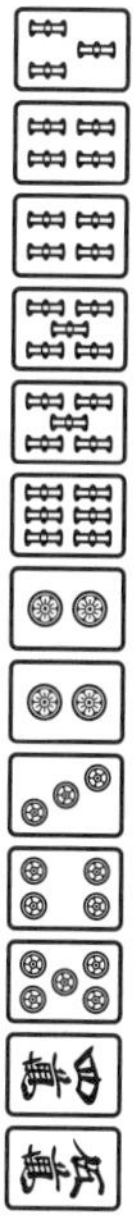

一発で四索《スーソウ》を摑んだ笠置は、リーチが共に充分形の重い手と察知して必死に回り始める。

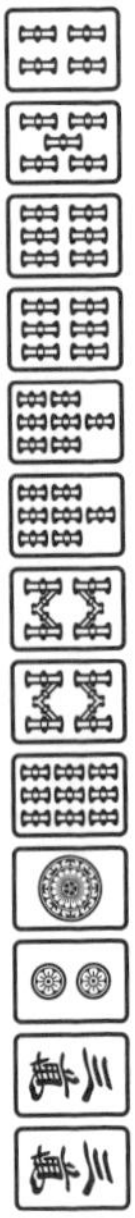

十三巡目に聴牌して一瞬考えたが、これでは勝負に加われない。まだまだ不ヅキの底を打っていない気がした。案の定、次巡に三万《サンマン》を自摸。やはり拗《こじ》れる。

リーチ後に二枚出た四筒《スーピン》の筋を頼り、初牌ながら一筒《イーピン》を打つ。直後の自摸が三筒《サンピン》。こうまで翻弄されると笑い出したくなる。迷ったものの、四筒の薄壁を頼って打二筒《リャンピン》。

ところが三巡後、この三筒単騎《たんき》をひょっこり自摸ったのである。

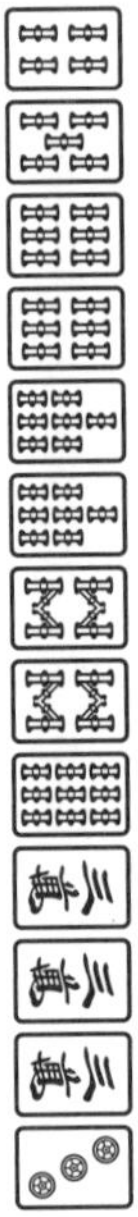

ツモ

三本場、五巡目に七対子《チートイツ》を自摸った。ノーミスで牌を重ねる事ができ、聴牌直前に連続して切られた八索を捨て、手順で四万を残したら山に居たのだ。三本場で十九本オール。

四本場が凄まじかった。

配牌面混聴牌は昔一度経験したきりである。六索を打ってダブリー、一発で二万《リャンマン》自摸。親倍。

二飜《リャンハン》縛りとなった五本場も早い。

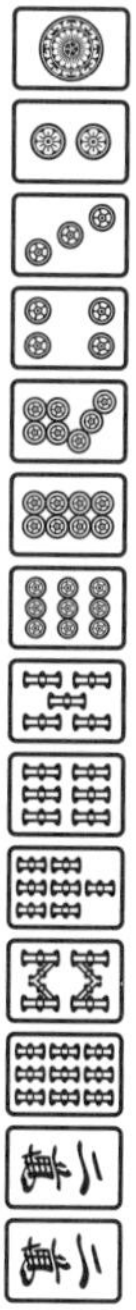

五巡目にこの形になったが、ここで笠置は今日初めてのケレンを打った。聴牌取らずで九索《キューソウ》切り。次巡に六筒《ローピン》を引いてリーチ。即五筒《ウーピン》を引き上がって親満。

九本場で杜さんが箱割《はこわ》れして笠置怒濤の寄りは終わった。

結局最終回の特大マルAが効いて四人の収支は平衡化し、笠置はプラマイゼロまで回復。志堂寺が僅かに沈み、阿南はしぶとく浮いた。杜さんは二連勝の後の三ラスが響き、負け頭となってこぼす。

「やっぱ、こうなるのよ。玉皇大帝も途中から臨時休業ね」

十一時半前に散会となった際、

「阿南君、ちょっと早いから二、三番付き合わないかな？　尋ねたい事もあるんです」

志堂寺が阿南を誘った。

7

志堂寺の事務所兼自宅は、港北商店街の迎賓館とは反対側の外れにあった。オートロックも無い古いビルで、郵便受けに志堂寺法務事務所の下に一行、志堂寺寧《やすし》と併記されている。昔風の大きなガラス板を敷いたスチールデスクと応接セットを据えたリビングが商用スペース、他の二部屋を住居にして志堂寺は独り住まいをしていた。

志堂寺が奥から持ち出して応接テーブルに据えた碁盤は本榧柾目《ほんかやまさめ》の六寸五分。地方の料亭が廃業する際に入手したと聞く立派な代物で、碁笥《ごけ》も碁石も名品らしい。どうにか初段の阿南は、この盤の前に座るといつも道具と棋力のアンバランスを気恥しく思う。

志堂寺自らは語らないが、アマチュア県代表レベルの高段者と阿南は観ていた。石の運びが美しく、ハメ手やケレンが一切無い。身の程知らずに阿南が攻め掛けない限り、滅多に黒石を取りに来ないし、本手だけ打つ事を厳しく己に課しているようだ。「取らないキメない志堂寺ちゃん」が口癖だった。

互いに一礼の後、阿南が五子を置いた。

「ありゃ、四子じゃなかったかな?」

「前回三連敗したんで手直《てなお》りです」

「そうか五子か、キツいねぇ。最初に五手、好きに先着しても良いんだがね」

「自由置き碁って性に合わないんですよ。教えていただくのに、なんか姑息になりそうな気がして」


「しかし何時も思うんだが、笠置君のラッシュは凄いねぇ」

「ええ、我慢に我慢を重ね、最後に暴発するのは花田秀次郎《はなだひでじろう》みたいですよ」

「ふふふ残俠伝か。そりゃタメがキツいわ」

「私に、ああまで辛抱はできません」

「いや、阿南君の凌ぎも渋いよ。ただ配牌が抜きん出て下手糞だな」

「あはっ、私の配牌の悪さはもう宿痾《しゅくあ》です。麻雀も、不幸が一定量積もってからでないと人並みに手が入らないみたいで」

志堂寺は肯定も否定もせず、言葉を選びつつゆっくりと語る。

「笠置君と阿南君は、人の性分のスペックが似てる。琴線やら、恥と感じる基礎部分がさ。しかし二人の辛抱の質は、私から観ると全く違ってるなぁ」

「えっ、そうなんですか？」

「阿南君は逆命利君《ぎゃくめいりくん》を真の忠節と考えるよね。主君の不興を承知で自ら信じるところを説いた結果、殺されても仕方ないの気概は、そりゃ見事だ。しかし笠置君にすると、死んじゃったら忠義は終わり。

つまりだ、阿南君のロイヤリティはマルチクライアントなればこそ。笠置君のは『お店者《たなもの》』の忠義で、どんな不条理もグッと呑み込んでいく。良し悪しではなく、境遇の違いから生まれた生き方の違いだよ」

阿南は、指摘されて初めて笠置の辛抱の厚さを知り、一方で自分の忠節の薄みを思った。同時に、笠置の笑みを絶やさない顔が浮かび、男の我慢の分厚さにおいて自分は遠く及ばない事を改めて思う。

一局目、阿南は僅かに残ったかと内心喜んだだが、終盤巧く寄せられてしまい、作ったら二目の負け。二局目の冒頭、阿南から尋ねてみた。

「お尋ねになりたい事って、学生の就職じゃないですか?」

「おっ、鋭い。実はそうなんだよ。或る議員の有力支援者の孫が広告業界に入りたいんだと。誰にも伝手《つて》が無く、こっちに話が回って来たんだけどね、広告会社ってどうなのかな?」

「今まではお気楽でしたが、今後は厳しいですよ。こうすりゃ、たぶんこうなるっていう『たぶん』が大雑把じゃ済まなくなりまして。デジタルの進化で様々なデータが取れる時代になって、マーケティング全般の成果や費用対効果が昔よりうんと厳しく問われるんです。能天気アドマンがブラックボックスにブラ下がって何とか生きられたのは私ら世代で最後でしょう」

「ふ〜む、そうしたもんですか。阿南君は絶滅危惧種なんだ」

阿南は笑い、自分のような広告屋が生き難くなっている事を認める。しかしその理由はデジタルの進化だけでなく、他にも多いと内心思う。ただ、それを志堂寺に説明するのは難しく、話を端折《はしょ》って先に進めた。

「議員さんの紹介はよっぽど大物でない限り、効きが悪い業界です。むしろその議員が、媒体社や大型広告主のトップを動かせたら、その方がずっと早い。但しこれはトップ同士の話にしないと。下から上げてもなかなか巧くいきませんね」

「そうか、コネの三角飛びか。しかも上から抑えないと『利かし』にならんわけだ」

「それと、やはりトップ2ですね。業界三位以下とは募集人数の桁が違ってます。人数が少ないとカスを押し込み辛い」

「でもトップ二社は難関と聞くよ」

「難しいです。でもね、業界に伝手が無くて志堂寺さんに話が来て、私にお尋ねがある。その時点でコネになってません。ならばいっそ最難関の方が仲介の顔も立ちますよ」

「なるほど道理だ」

「しかもトップ2は芸コマで紹介者の言い訳をきちんと用意してくれます。

記念受験組を含めてエントリーシート提出は六千人超。書類選考でお孫さんは五千九百番台、本来はペーパーテストも受けられない。そこを何とか頼み込んで受けさせたら、今度は千人中九百番台のケツの方。

次は面接ですが、今の成績では本人がこれからよっぽど頑張らないと。こうした状況を、受験者個々の評価点データを見せて説明されたら、親はグッと詰まるもんです。不出来な子供を最大限推して頂いたのが良く分かりました、御迷惑をお掛けしました、と諦める」

「ほう、練られたシステムだね」

「もう一つ、これは余計な御世話なんですが、その学生が広告を本気で好きなのかどうか。世間の平均より馬鹿が多い業界ですが『広告が好き』の一点だけは皆純度が高い。好きだからこそ無茶や悪条件にも耐えられるんで、広告好きでないと入社できても先々辛いですよ。自分が不器用と知らない者が、敢えて宮大工を目指すようなもんかな」

最後は余計だったかと阿南は思ったが、志堂寺は頷く。

「一般論は充分理解しました。その上で個別論だけどね、今頼まれている学生に阿南君が会ってもらう事はできないかな?」

「模擬面接なら毎年、偉いさんの子弟を預かって何人もやってます。ただ私がやると時に泣き出すのが居まして。圧迫するつもりは無いんですが、物言いが直球過ぎるのかな。それさえ堪《こら》えていただけるなら会いますよ」

「そうしてくれると有難い。泣こうが気落ちしようが構いません、斯界《しかい》の厳しさをリアルに伝えて欲しい」

「承りました。しかし志堂寺さん、こうした筋で紹介される学生に出来良しは居ません。予めハズレ承知の骨折り損を覚悟しておいて下さい。針の穴は滅多に通らないんです」

阿南は熟考して白石への攻めから手を戻した。自分では冷静な本手のつもりだったが、途端に志堂寺から指摘を受ける。

「それは悪《あ》しゅうござるね」

「悪手《あくしゅ》でしたか?」

「いや、緩手《かんしゅ》の類。せっかく池越えのパー5で勝負して2オンしたのに、イーグルパット打ち切れず十メートルもショートしたみたいな」

「うっへ～、そこまで悪いですか」

「悪手とはラインやら距離感やら、要は頭の問題。緩手は心の持ち様でしょう」

結局三番打って、阿南は一番も入れられなかった。最後の一番はぴったり持碁《じご》だったが、これは連勝手直りで置き石が増えるのを止めた志堂寺の気遣いだろう。

「阿南君の石は上に立って清々しいよね。打った石の顔を多少立て過ぎるきらいがあるが、まぁ毅然とした碁で気持ちがいい。しかし形に囚われている内は勝率が上がらんでしょう。芋筋でも、石は働いてりゃ良いわけです。綺麗な石の運びに拘《こだわ》るのも大事だが、碁は勝負事だもん、勝利への執念はもっと大事。

これが麻雀だと、阿南君は一旦帆に風を受けるや愚形を構わず、とことん行くよね。麻雀だと鬼神になれるのに碁では苦行僧だけ、てのはバランスが悪いよ」

志堂寺の講評は阿南にとって学ぶ物が多いが、とりわけ最後の一言が効いた。

「麻雀との違いと言えばさ『征《い》く征かず』の見極めが碁では些《いささ》かズレるかな。小難しく言うと、鞠躬如《きっきゅうじょ》と虎視《こし》眈々《たんたん》を具有して、巧みに行きつ戻りつしなきゃ」

「きっきゅうじょ、ですか。虎視眈々は分かりますが」

「身をかがめ謹んで畏《かしこ》まる様子だ。男はつまり、身は畏《おそ》れ入っていても腹中はまた別であるべきって事さ」

帰路、雨が降り出した商店街を歩きながら阿南は思う。
「鞠躬如と虎視眈々か。俺は、どっちも中途半端だよなぁ」

8

志堂寺は毎朝五時前に起床する。六十を過ぎた頃から目覚める時間が少しずつ早くなり、最近は前夜どれだけ遅くても五時には散歩に出掛ける。

自宅傍の運河に沿って歩き始め、遠く御殿山《ごてんやま》の高台を巡り、或いは竹芝《たけしば》桟橋から芝浦《しばうら》埠頭まで毎朝二時間以上も歩く。蠟梅《ろうばい》の咲く公園、梔子《くちなし》の生垣と、季節によってコースは変わる。

帰宅してウェアを洗濯する間に掃除し、その後入浴。風呂ではゆっくりと小一時間ぬるい湯船の中で本を読む。

風呂から上がると茶を二杯淹れ、和菓子を添えて亡妻芙蓉子《ふゆこ》の写真に供える。写真の傍は遺骨と遺髪を納めた備前焼の小さな壺があるだけで、それ以外には位牌も香炉もリンも無い。志堂寺は前日に供えた菓子を直会《なおらい》で食べ、茶を喫し、声に出さない長い語りかけを始める。

語りかけとは記憶の反芻《はんすう》である。

「法隆寺から駅まで歩いた夏、熱いアスファルトが靴底を溶かすような気がした。あの辺は草いきれもムッと強かったし。俺はポロシャツの襟に塩を吹いたが、渡されたハンカチが上等過ぎて気後れしちゃって。そんな猛暑だったのに、晩飯は俺の我儘《わがまま》で千日前《せんにちまえ》でハリハリ鍋を食った。何を考えていたんだろう」

奈良の街道沿いの土塀の乾いた茶色や、汕頭《スワトウ》刺繍のハンカチの白さ、芙蓉子が山盛りに驚いた水菜の緑。記憶に色味が加わると、それらが差し色となって想い出全体が一層鮮やかになる気がして、志堂寺は脳漿《のうしょう》を絞るように記憶をまさぐる。

芙蓉子が亡くなって既に三年が経ち、何百回も反芻を繰り返したのに、新たに思い出す映像が無いかを問い続け、少しでも記憶の断片を拾い集めたい。

「思い出す事は無いか？　本当にもう無いのか？」

思い出した分だけ芙蓉子を間近に感じられる気がして、志堂寺はいつまでも反芻を止めない。

志堂寺は、山陰を地盤に代々続く代議士の東京秘書だった。

先代と当代の二人に仕えて金庫番を二十五年勤め、議員一家の活動と生計を表裏で支えてきた。

芙蓉子は先代の姪に当たる。彼女の父親が先代の弟で、商社を辞めて兄の秘書に転職。一時は東京と地元で秘書機能を志堂寺と分け合った。

天性強引な先代とは異なる温和篤実な人柄で、志堂寺は同志として深く敬愛していたが、芙蓉子が高校入学した直後に早世。追うようにその妻も亡くなった為、芙蓉子は先代に引き取られ、寮のある東京の女子高に転校した。女子大を卒業して間もなく、先代の薦《すす》めで地元建設会社の社長の息子に嫁いだが、この結婚は三年で破綻する。

生来体が弱かった芙蓉子は子に恵まれず、逆に夫が外に作った男児が認知されてしまう経緯の離婚だった。郷里に居辛くなった芙蓉子は上京して、一人暮らしを始める。

嫁ぎ先が有力支援者だった事から、姪を一切庇《かば》わなかった先代との間には拭い難い蟠《わだかま》りが生じ、芙蓉子は議員一家と完全に交流を絶つ。

唯一志堂寺だけが芙蓉子の暮らしを案じ、住居や就職の保証人を引き受けた他、様々な支援を続けた。

四十を越えた時芙蓉子に乳癌が発見されたが、この時も医師の紹介から術後ケアに至るまで志堂寺が独り奔走した。

手術の翌年、先代が亡くなったのを機に、志堂寺は改めて芙蓉子に向き直った。

「ここにある千七百六十万円の現金は誠に半端ですけど、先代の命を受けて私が長年貯えてきたものです。『俺の死後、芙蓉子が暮らしに困らぬよう取り計らってくれ』との仰せでした。先代が亡くなった今、これを貴方にお渡しして一つの区切りにしたいのです」

「区切りではなく手切れ、ではありませんか？」

普段静かな微笑を絶やさない芙蓉子が、この時だけは生硬な表情に変わった。

「しかも従兄一家は、誰もこのお金を知らないのですよね」

「はい。父上と先代の約束で貯えられたもので、今これを知るのは私だけです」

「これだけまとまった額を、あの伯父が私に遺すとは思えません。志堂寺さんの律儀は父との約束を果たすもので、伯父は関わっていないのでしょう」

「はは、如何様《いかよう》にも」

「でも、裏のお金ですよね」

「そこは御心配無く。私の所得としてちゃんと申告納税してきてますから私のタンス預金。金の素性は白いです。本来は贈与税が掛かるんですが、そこはねぇ」

黙り込む芙蓉子を、志堂寺は重ねて説いた。

「永年親族慰労金と考えませんか？　あの先代の姪である事によって被った出来事は、数々ありましたよね。それに貴方が耐えてこられた御苦労賃だと。娘の苦労を見通していた父上から託され、私がシコシコ貯めてきたわけで。その私は間もなく職を退きます。この金を宙に浮かせてしまっては、私がなんともやり切れないし、泉下の御両親に向き合えません」

長い沈黙の後、芙蓉子は口を開いた。

「離婚の後、東京に出てきてもう十四年経ちます。この間、志堂寺さんには言葉に尽くせない程御世話になってきました。心から感謝しております。お金の説明は驚きましたが、私の先々に対する有難い御心遣いも理解できました。

その上で申し上げますが、志堂寺さん信託にしては頂けないものでしょうか？　故郷との繋がりはとうに失せており、改めての縁切りに何の思いもありません。しかし志堂寺さんが見ていて下さらない事には怯《おび》えます。

誠に厚かましい限りですが、父との約束で遺されたお金なら、今後もこれを運用して私の近くに居ていただきたいのです」

四年後、二人は同居を始める。それは、芙蓉子が癌転移の告知を受けた事でスタートした、覚悟の新生活だった。

9

広告会社の朝は遅い。

十時半では社員の半分も出社していない。大半は当日朝に申請する時間代休なのだが、そのルーズに会社が厳しくないのは、徹夜を含む残業が膨大だからで、代休には総労働時間と残業手当を調整する効果があるからである。

十一時前に阿南が出勤すると、すぐ上司の繰生《くりう》局長から呼ばれた。局長室の会議テーブルには分厚いファイルが四冊積まれていた。

「阿南選手さぁ。ヴィンクラって大型の新規なんだが、ちょっとややこしいところがあって若いモンには取り回しできないように思うんだ。やってくれるかな？」

阿南の役職は、繰生局長と複数の営業部長との間に存在する中途半端な局長代理であり、無任所である事から特命業務や新規商談が集中する。しかしこの時、阿南には嫌な予感があった。

繰生局長は社内で秘かに「君《くん》ちゃん選手」の渾名《あだな》で呼ばれている。その原典「君ちゃんさん」とは、サラリーマン社会で後輩から抜かれる都度、先輩が呼び方を変えざるを得ない悲哀を揶揄《やゆ》した言葉だ。

しかし繰生局長の場合、新たな業務を命じる時の部下の呼び方で、下々は今から起こる不幸の量を占っていた。

　君付けは普通。ちゃんは凶。選手と付いた場合は最悪で、もう辞めた方がマシ。してみるとヴィンクラの「ややこしいところ」は相当なのだろう。


「若者に取り回しが難しいって、どんな点ですか？」

「う～ん、色々あるんだがね。一代で叩き上げたオーナーの伊原《いはら》さんって社長が、相当アクが強くてさ。しかも根っからの広告会社嫌いで、大手ほど嫌悪が激しいらしい。上位七社まで順に切られてウチに声が掛かったくらいだから」

「業態は何ですか？」

「化粧品の通販だよ。急成長中で年間五十億以上も宣伝費使ってる」

「広告が生命線の通販で広告屋が嫌いって、ちょっと想像つきませんけど」

「媒体社とは普通に付き合うし大事にしてる。なんせ流通だからな。

　毛嫌いするのは広告会社で、無用論で凝り固まってるそうな。コピーからCMのコンテ、タレント選びまで、全部一人で決めるんだと。社長の閃《ひらめ》きをスタッフが四苦八苦して形に仕上げるんだが、その対応が拙《まず》いとすぐ出禁《できん》食らうと聞いた」

「社長との向き合いは何とかするとして、先方の法律へのスタンスはどうなんですか？　化粧品は自治体薬務課から薬事の表現規制を厳しく受けます。イケイケの社長だと、その辺がややこしくなってませんか？」

「あまり行儀良くはない。幾つかの放送局と考査で揉めてるわ」

阿南は会社方針の言質を得ようとした。売上が絡むと上層部は揺れやすい。

「確認しておきますが、当社は薬事規制を遵守してくれないと受けられません、そう言い切って良いのですよね」

「原則はそうだよ。でもさ、白黒そう簡単に決めちゃったらウチみたいな会社にチャンス無《ね》ぇじゃん」

「いや、これは根本的な営業スタンスですから、最初にきっちり決めておかないと。扱いブラ下げられた途端、応対が豹変するのは安いでしょう」

「まぁ、その辺は弾力的だな。月一億も貰ってみ、我が社は揺らぐぜ。仮定で線引きしないで、そんな状況になった時、どっちも巧くやれる算段を考えろよ」

如何にも繰生局長らしい見解だが、ここで不毛の議論を重ねても仕方ない。

「取り敢えず分かりました。もう一つ、取引条件の懸念は無いんですか？　先方の懐は深いとの事でしたが、合切《がっさい》獲れた場合は月額四億以上。払い現金で受けが手形だと、サイト次第じゃ金利負担はデカいですよ。受注まで事が運んでから総債権限度額を低く設定されると、現場はたまりませんが」

「信用に関しちゃ超優良じゃないけど、経理の判断はGO《ゴー》だ。ただ、全部獲れた場合までは想定してないわな。経理には念押ししとくよ。しかし、まるまる全部食うのを想定するって、流石に阿南選手は太いね」

阿南は、自分でも可愛気がないと思いつつ最後のオダテは聞いていない。下に媚びる上司は取り合わないのだ。

今日午後にもう挨拶と聞き、膨大な資料を読み始める。

資料の冒頭に綴《つづ》られた伊原社長の業界誌インタビューを読んだ途端、阿南は吹き出した。経営者を紹介した記事の最後に、悪ノリした記者が取材時のリアルな肉声を添えている。

「趣味は競馬や。ちゃんと競馬言うたのに、単に馬て書いた記者がおって抗議した。馬好きてなんや。わしゃ馬券は好きやが、馬て生きモンに思い入れあるかい。その前にやな、乗馬が上品で競馬はゲスて決めてるメディアの性根《しょうね》が好かん。お国がやってんねやで」

これは相当筋が濃い。若手では御《ぎょ》しきれまいとの局長判断も頷ける。資料を読み進める内、並外れてエネルギッシュな男の像が浮かんできた。


伊原旭《あきら》六十歳、和歌山出身。高校卒業後、関西で高価な銅鍋の訪販を皮切りに何種もの歩合セールスマンを経験したらしく、中には壁の断熱材を売るマルチまがいもあったようだ。二社を起業して潰した後、八年前にヴィンクラを創業。

高級洗顔石鹼の通販で、ヴィンクラとはラテン語で絆を意味するそうだ。急成長を遂げた要因の一つとして、顧客一人一人に担当カウンセラーが付くシステムが挙げられており、電話での丁寧な対話商法がビジネスの根幹を支えていた。

創業から七億で横這いを続けていた年商は四年前からテレビ広告が当たって倍々に成長し、昨年六十億が今年度は百二十億を超える見込み。

売上百二十億円に対し広告費五十億は多過ぎるが、原価の安い化粧品であり、伸張期の通販ではよくあるパターンだ。

ヒットしたのはドイツ製の洗顔石鹸と保湿剤で、洗顔と保湿をきちんと行えば肌の代謝機能は人の本能レベルに戻り、オーバーケアは要らないとの主張が中高年女性の支持を得たらしい。

阿南が特に注目したのは極めて高いリピート率だった。

通販は、卸と小売店利益が無い分を広告費に注ぎ込む。広告が店舗でありセールスマンなのである。したがって新規ユーザーには獲得に要した広告費が乗っているが、リピーターにはこのコストが無い。つまりリピーターはもう餌を付けなくても釣れる魚であり、この比率が通販企業の利益構造を決定する。ヴィンクラの場合、リピート率は七〇パーセントを超える驚異的数値なのである。商品に対する初回ユーザー満足度がよほど高いのだろう。

もう一点、阿南が新規広告主に取組む前に重視するのはユーザークレームの量だった。これに関しては会社発表だけを鵜呑みにできないものの、カウンセラーのインタビューによれば返品率〇・五パーセント以下と圧倒的に少なかった。

肌に何かを与えるクリームや美容液と違い、洗い流す石鹸はスキントラブルが少ないのかもしれない。

さらに、社員のモラルアップを図る社長の煽りが面白かった。

「平均給与て、そんなん意味あらへん。平均したかてしゃあない。最低賃金はハッキリ言うて大した事ないけど、ウチに一千万以上稼ぐカウンセラーはゴロゴロ居てる。成果出した分は喜んで払おう、ちゅうこっちゃ。歩合は青天《あおてん》、ナンボでも持って行ってよろし」

一通り資料を読み終えた阿南は軽い緊張を覚えた。この手の経営者は正論など求めない。己の勘に絶大な自信を持つ故に、データはあくまで勘を補強するための参考値でしかなく、データからの帰納的立論なんぞ興味を示さないのである。

さらに伊原社長はもう一つ捻《ねじ》れていた。

「勘なんて全部当たるかい。五割も当たりゃ立派なもんや。外れたら、堂々わしが間違《まちご》うとった、社員の皆様すんまへんや。わし以外誰のせいでもあらへん。それをやな、訳知り顔の忠告聞いた通りにして失敗してみぃな。諦め切れんやんか」

つまりは社長の勘が共鳴しそうな提案を、社長がイメージするもう一格上のレベルで示さない限り受容されない。広告会社として一番対応が難しいタイプである。

しかも、こうした経営者は人の地金をよく観る。提案の良否は勿論、提案者の肌合いが自分に合うかどうかでも勝負は決まる。

不遜は許されないが、卑屈は取り合ってもくれないだろう。その辺のバランスが難しい。

10

株式会社ヴィンクラは青山通りから少し入った住宅地にあった。

港区青山を本社所在地として表記したい為に、ワンルームの賃貸オフィスを形だけ本社登記するアパレルやコスメ系企業は多い。或いは、電話と郵便物受け取りの代行サービス業社と契約し、支社と謳う例もある。ヴィンクラもその類ではないかと阿南は半ば疑っていたら、新築間もない九階建ての堂々たる自社ビルだった。

社長室のある最上階に案内され、フロアに入ってさらに驚く。奥行三十メートルはあろうかと思われるフラットなオフィスに、ギッシリと女性カウンセラーの机が並んでいる。一列に十二名で二十数列あるだろうか、夥《おびただ》しい制服姿の女性がインカムを着け、各々のデスクで客と電話応対していた。フロア全体に電話のセールストークが低く流れ、そのざわめきは御詠歌のように響いている。

社長室は最奥にあり、執務室との境界面が全てガラス張りだった。受付嬢の先導で社長室に向かう阿南達に対し、通話中でないカウンセラーが一斉に起立し、こちらに向かって四十五度の角度で立礼する。社長の客を迎えるマニュアルなのだろうが、二百名余の女性社員が次々立ってのお辞儀はウェーブのようで、壮観というより異様に感じられた。

社長室は阿南の想像より、ずっとシンプルだった。カッシーナのデスクと黒革張りの応接セット、デスク上の大画面モニターしか無い。観葉植物もリトグラフも、装飾物を一切置かないのが伊原社長の趣味なのだろう。

「広々として趣味のよろしいオフィスですね」

言わでもの愛想を繰生局長が述べた途端、伊原社長が応じた。

「虎の剝製でも置いてる、思うたんかい。わしはな、しょもない見栄に銭かける趣味は一切無いんや。ウチは社用車あらへん、タクシーの方がよっぽど安い。その分、社内託児所やら食堂やらには張っとる。本当はオフィスもこない地価の高い場所に要らん、客は電話じゃ見えんのやさけ、秩父の山奥で充分なんや」

冒頭から一気のカマシに、繰生局長は顔色を失ってたじろぐ。

「ただなぁ、社員の気持になってみぃな。子供の引き取りも山ん中より便利やし、会社が青山やったら周囲にナンボか言いやすいやろ」

ガラは悪いが、主張は至極真っ当である。

しかも、一瞬で怯んだ繰生局長の表情を見て、当たりの強さを素早く変えた。

一旦カマシ上げて引く、香具師《やし》のリズムに近いと阿南は思う。


しかし物言いのケバさとは逆に伊原社長の服装はシックで、仕立ての良いサキソニーのグレー無地スーツにシャツは白。よく見るとシャツは身頃だけ杉綾になっていて所謂白白クレリック。合わせたネクタイはドミニクフランスの黒地。

センスはとびきり良いのだが、超高級品を全て地味に抑えた趣味により、却って堅気の経営者から遠ざかったように感じられる。

繰生局長は何か言わねばと焦り、二言目にもっとスベってしまう。

「我々も大いに学びまして、一日も早くパートナーとして御役に立てるよう一所懸命頑張ります」

伊原社長は即応した。

「大いに学ぶて、あんたらプロやろ。今から勉強せんならん広告代理店て要らん。それをパートナーやて。代理店は皆、賢《さか》しらに講釈たれよるが、わしと五寸《ごっすん》のつもりかい」

繰生局長は益々萎縮する。

「あんたらのマーケティングて、商品原価も人件費管理もキャッシュフローも、経営の根幹要素を全部すっ飛ばして、世間との接点だけを大層に語りよる。言うたら、厚塗り女の最後の一刷毛《ひとはけ》や。その下の人格にはいっこも触れやせん」

阿南は内心笑った。

アドマンを何社も面罵して磨き込んできたのだろう、指摘は実に正しい。

伊原社長は自らの言をターボ化して続ける。

「広告代理店て、帽子に鑑札付けた仲買人や。市場は仲買人にしか売らんシステムやさけ、しょう事無しあんたら通してるけどやね、メディアの調達機能しか要らへんねん。広告はわし一人で作っとるがな。その方がよっぽど納得いくもんがでけるわい」

伊原社長が好き放題言い終わって奇妙な沈黙が生じた。ずっと内勤が多かった繰生局長は、こうした場面で咄嗟《とっさ》の返しが利かない。代わって阿南が応える。

「パートナー云々はあくまで目標です。私らケチな広告屋ですよ。先程市場の仲買と言われましたが、仰る通り我々の本質はメディアのポン引きです。分際は弁えてるつもりですし、最後の一刷毛を大した技術と思っていません。

ただ、下手が塗ると婆あの振袖になりますが、達者な奴がやるとそこそこ可愛げのある年増に仕上がる、その差はデカいです」

伊原社長は微かに鼻で嗤った。

「フン、大手の営業とはナンボか啖呵《たんか》が違《ちご》てるな」

視線が自分に移ったのを感じて阿南は仕掛けた。

「御社はここまで四年連続倍々ゲームですよね。あと三年続けたら一千億です。いったい社長はどこまで行かれるつもりなんですか?」

阿南はここで一拍置く。

「高尾山はスニーカーでも登れますが、アイガーヒマラヤ目指すなら、それなり装備が要る理屈です。私らをシェルパと思っていただけませんか。こう見えて私ら、高い山に登る道筋と、その為に何が必要か、些か知っております」

伊原社長の表情が、ほんの僅かほどけたと阿南は感じた。

「なんや、結局は偉っそうな売り込みやないか。まぁええ、いっぺんシェルパのプレゼン聞いたるさけ、せいだい気張ってみいや」


一階受付に、阿南独りだけ社長室に戻れとの伝言が待っていた。訝りつつ戻った阿南に、伊原社長は茶目っ気を含んだ目付きで命じる。

「シェルパ君よ、両手広げて見せてみい」

阿南が両の掌《てのひら》を見せると、

「なんやこらっ。親指と中指の腹、めっちゃ角質化しとるやないか。しかも雀ダコいったい何本にあんねん」

阿南は皮膚が角質化しやすい体質なのか、左右の薬指と小指の内側にもタコがあった。

手積みの時代から何十万回も、上下十七牌を左右から強くバインドしてきた反復によって指が変形していたのである。それを名刺交換の際に見抜かれていた。放胆を演じつつ伊原社長は意外に観察が細かい。

「急な不祝儀でワン欠けになってもうて。これから新担当の面談代わりに付き合えや」

予想外の展開に阿南は驚く。しかし、ここで理由を付けて断るのは怯《ひる》んだようで気合が悪い。阿南は、誰が相手でもまずまず打てる自信があったし、出来星企業のいけいけオーナーがどんな麻雀を打つかにも興味があった。

「代走は構いませんが、高いレートなんでしょう？　これからだとＡＴＭで五十万円しか引けませんから、もしそれ以上負けたら他の方々に社長の方で債務保証して頂けますか？　明日必ずお届けしますから」

「おぉ、保証はしたる。金は明日でのうてもかめへん、今すぐ出るから下で待っとれ」

11

伊原社長達の麻雀は極めて変則的なルールだった。

先ず四人麻雀なのにチーが無く、ナキはポンとカンだけ。しかも完全先ヅケで和了牌の選択が許されない。白中バッタであっても、役がどちらか確定していないとの理由で出和了《であが》りが利かないのだ。

こんな面前手を自摸るのは良いが、闇聴《ヤミテン》で出和了ると錯和《チョンボ》になる。

ドラも多い。常に表示牌二枚をめくるので表裏《オモウラ》四種の上、赤が萬筒索に二枚ずつ合計六枚も入っている。俗に謂う白ダイヤ（一牌だけ中央にガラス玉が付いた牌があり一飜増し）まで採り入れられていた。

しかし全てのドラはリーチを打つか、ポンしない限り効力を発揮せず、ドラ6平和も闇聴では千点。いろんな麻雀を打ってきた阿南だが、こうしたドラの発効条件が設けられた麻雀は初めてだった。

さらに今時は珍しくなった鳥打ちが加えられている。手牌に七筒《チーピン》と一索《イーソウ》を抱えたリーチを和了ると、一索一羽当たり三万円という法外な祝儀が付く。八索を鳥籠と見立てる免罪は無かった。

必然的に全員リーチ志向が強く、特に筒子は三牌切れの嵌八筒《バーピン》でも平気でリーチと来る。

レートも凄まじかった。

「今日は代走のサラリーマンがおるし、こまい方でいこや」

冒頭に伊原社長の宣言があって二の二・六になったが、これでも箱をカブルと十二万円。いつもなら五の五・十で箱二十五万だと言う。

昔から老人達が内輪で高レートを打つグループは稀にあり、阿南も幾つか関わってきたが、そのどれよりも鉄火な場だった。

開局早々、伊原社長がリーチ。

一発で辺七筒を自摸った手は役もドラも無い三九だが、面子に一索が一枚使われていた。一発と鳥一枚で都合二丁、六万円オールである。

「社長、いきなり下品やわ」

取り巻き二人は印刷会社と保険代理店の社長で伊原との付き合いは長いらしく、合いの手には年季が感じられる。

「Z旗揚がったら行かにゃ。麻雀は回収率や。ツイた時、どこまで獲れるかが腕やろ」

全く以《も》って正しいと阿南も思う。

牌の組み合わせの知見だけなら、麻雀はすぐに成長が飽和点に達する。三年も打てば、和了る技術に大差は無い。しかし現実の雀卓には必ず強者弱者が生じるわけで、この差は畢竟《ひっきょう》ツキの管理技術だ。

弱者は天が与え給うた機会を全ては活かせず、強者は目一杯貪《むさぼ》る。ツキという風が吹く確率は四人に等しいから、吹いた時にどれだけ大きく帆を張って風を受けきれるかによって勝ちの量目が定まるのだ。

高レートを打つ者は、必ずこうした勝負事の摂理を体得しており、伊原社長だけでなく他の二人も一旦風を得たと感じるや、嵩《かさ》に懸かって押して来る。阿南は改めてこの、行き腰の強い麻雀に慣れた男達に興味を覚えた。遊び続けて倒れなかった者には、生き残れた相応の理由がある筈だ。

打ち進むにつれ、阿南はこのルールの勘所が掴めてきた。まず、字牌の出が極端に悪い。ドラの多い完先だから、他者の役確定を嫌って序盤は皆が一様に字牌を絞る。それでいて、一旦攻め時になると手役の成長なぞ追わず、一巡でも早いリーチで押さえ込みにかかる。

先行リーチが入ると他三者は一斉に回り始め、よほどの勝負手でない限り真っ直ぐには向かわない。赤六枚入りの上、裏ドラも常時二種で重い手が多く、放銃一回で勝負圏外に放り出されてしまうからだ。

さらに、突出して一人が吹き上がる事への警戒心が全員に強い。独走者には赤が集まりやすく、爆発的打点になる事を嫌うのだろう。誰かに上り調子の気配が出ると、他三者に無言の連携が始まる。この辺は皆が呼吸を揃え、上り調子から本調子になる手前で老獪に芽を摘みに掛かる。

阿南は半荘三回目に大きめのトップを取って一息ついた。五回目もオーラスをきわどく制して辛勝。六回目、この手から二筒を切って即リーを掛けた。

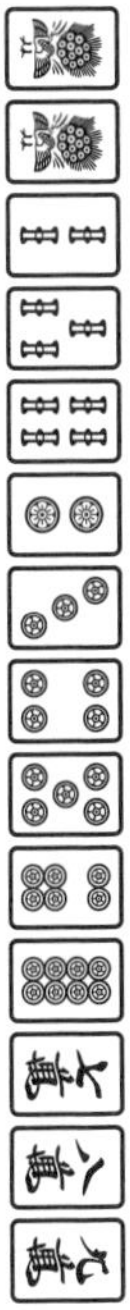

ドラも手役も無いこの手の唯一の華は、対子の一索である。しかしフリ聴とリーチ後の見逃しは錯和。この手を安目で和了るくらいなら、いっそ多面張《タメンチャン》を拒否して嵌七筒《カンチーピン》の一点に賭けよう。

Z旗揚がったら行かにゃ。

流局した時、聴牌形と手出しのリーチ宣言牌二筒を交互に眺め、伊原社長が鼻で嗤った。

「ふん、気合は悪ないな。しかしお前、ナリはサラリーマンやが、やるこた立派な雀ゴロやの。今度、面子が足らなんだら呼ぶさけ出て来いや。次からレートはラージヒルやで」

意外に人懐こい笑顔だった。

12

二月、蔵前倶楽部は「送別雀」という最大の年中行事を迎える。

この日は正午から夜七時まで倶楽部メンバーで打ち続けた後、卒業を祝う大宴会に移る。卒業生と会う最後の機会であり、日頃迎賓館から遠ざかっているメンバーもこの日だけは出席するため、全卓を貸し切る多面子打ちになるのだ。

昨秋入会の結城は初参加のイベントで、抜け番の待機者には初めて見る顔が多かった。

ここまで結城は毎月の勝ち頭を断トツで続けてきており、月間参加数は十二回、多いと十六回にも及んだ。部活もバイトもしない結城はひたすら麻雀だけを打つ。週四日以上のペースは蔵前倶楽部の多面子打ちなればこそ可能で、「行けば打たせてもらえる」結城は「打てば常に勝つ」

を、ずっと続けていた。最高勝率者が最多回数を打つのだから、結城以外が勝ち頭になる理屈は無かったのである。

もう、この頃になると誰も結城の連勝を止めようとは言わない。逆に『南場三千』なる新しい造語が蔵前倶楽部内に飛び交い始めた。これは、南入した時点で結城が三千点以上リードする半荘は、そのまま逃げ切られる確率が極めて高い現実から生まれた。

それまでの蔵前麻雀は、オーラスになって初めて和了の条件を考える悠長なものだった。結城はそこに南一局から早逃げの概念を持ち込んだ。速度は他家のチャンスを制御し、場の支配を可能にする。

結城が逃げを打つ時は一切の怯懦《きょうだ》を削ぎ落し、無筋もドラも無造作に切り飛ばして最速だけを目指す。結果放銃しても一向に揺るがない。結城にすれば、危険を承知で前に出た以上、裏目を一々悔いる方がおかしい。

しかしこの苛烈な打ち筋は、蔵前倶楽部の一部にハッキリとした反発を産んだ。

「以前は仲間内のサロン的大らかな空気が良かった。あいつが入ると、単なる博打場みたいにギスギスして嫌なんだ」

結城は内心せせら嗤う。

「仲間内ってなんだよ。俺達がやってるのは、三人沈めて自分だけはちゃっかり浮こうって、さもしい小博打じゃないか。点棒欲しさに箱寸前の仲間を刈ろうとする時、自分がどれだけ浅ましい眼をしているか、分かって言っているのか?」

結城は、毎月負ける額が多い者ほど自分への反感が強い事を知っていた。

結城の加入以前は勝ったり負けたり半々だったのが、結城と打ち始めてからは月締めでずっとマイナスの者が多く、そうした負け組転落者には自然な感情だろうと、結城自身も思う。学生の暮らしで毎月三万〜五万を奪われ続けるのは厳しい。

しかし結城は、だったら他で打てば良いと考える。ずっとフリー雀荘で打ち凌いできた結城にとって、相性の悪い強者を避けるのは当然の鉄則だった。

しかし学生がそう簡単に離脱できないのは、蔵前倶楽部にサークル的な機能もある為だ。学生はキャンパスで仲間を求め、リレーションを保つ溜まり場を大切にする。麻雀を打つ場だけ欲しい結城とは、倶楽部への期待が最初から違っていたのだ。

結局、負け続けるのはもう辛い、しかし倶楽部は離脱したくない連中が、様々な理由を付けて結城を腐《くさ》すのだった。

実は結城にとってこれは何度も経験してきた道筋であり、反感はいずれ嫌悪に、そして疎外や排除になる事を冷静に覚悟していた。ただ「蔭口は雄々しくないだろ。文句があるなら腕で来い」と思っている。

一方で結城は、別の観点から蔵前倶楽部に在籍している事に倦《う》み始めていた。

蔵前倶楽部は麻雀を打つ環境としては便利だが、メンバーとの闘牌で体の内奥が震えるような興奮はもう得られない。勝つ事が常態化して勝負熱が下がったのだろうか、とも結城は思う。痺れないのだ。

この沈滞は相手を見下しで打っているからであり、ならばいっそ自分が見下される場で打てばどうなるのだろう？　大学野球で常勝できても、メジャーで自分は通用するのか？

この時、唐突に浮かんだのが迎賓館フリー卓の博打ヤケした面々だった。

彼等は明らかに自分より格上の麻雀打ちであり、その彼等に伍して打てたなら、自分が知らなかった麻雀の修羅を垣間見る事ができるのではないか？

13

送別雀参加者は総数三十一名だった。

常時三人が抜け番になり、半荘が終わった順で各卓に散っていく。しかし結城は一旦座ると席を立たない。

半荘五回目、結城が親で下家が二五八万待ちのオープンリーチを掛けた。同巡の結城の手牌は、

ドラ

場には二万《リャンマン》と八万が二枚切れで、結城の手牌と合わせると簡単に引ける三面張とは思えない。

結城の理想は最後の五万を引いた四面張だが、二万や七万を引いても追っ掛けるつもりだった。ところが自摸は三枚目の八万。先行リーチの待ちを一枚減らして聴牌したものの、役無しの

ドラ1嵌張である。

しかし結城は迷わずリーチして開いた。後ろで観ていた抜け番二人の驚きが伝わったが、結城には至極当然の手筋だ。この手は八万を持った時点で以後の変化が利かず、嵌七万待ちがほぼ確定する。唯一、四枚目の八万が来た場合は五万と八万の双碰《シャンポン》待ちに取れるが、これは八万が空で無意味。

ドラ

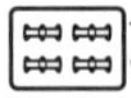

二五八万は残り三枚、七万も三枚。充分戦える以上リーチの一手だ。

元々先行オープンが掛かった時点で、六万《ローマン》や七万は当たり牌の処理を考えて場には出難い。結局は先行リーチとのメクリ勝負なわけで、ならば当然のオープンなのである。

一発目、結城は「うん」と小さく頷いて七万を引き寄せた。

三万が裏ドラになって六千オール。この辺が嫌われる。

次の半荘、八巡目にこの手となった。

九巡目、七索を自摸ったが和了らずに加槓《カカン》。

この時小技を弄した。七索槓に備え、一枚切れの八索を手牌の中央に置き、三枚切れの九索《キューソウ》を右端に置いていたのだ。嶺上《リンシャン》から持って来た初牌の一万《イーマン》を残し、三枚切れの九索を捨てる。

三巡後に上家が動き、流れて来たのが待望の四筒。スッ単《タン》完成である。

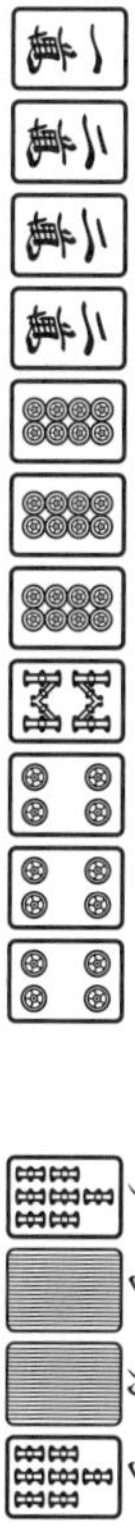

アンカン

結城は安目のある初牌の一万を捨て、一枚切れ八索の単騎に構える。

流局間近、手が詰まった対面が暗槓された七索と場に一枚切れの八索を一瞥《いちべつ》した後、手の内から八索を対子で落としてきた。


結城の役満で箱割れが出た次の半荘、新たに加わったのは三回生の女性で吉光明実《よしみつあけみ》だった。滅多に迎賓館には来ないので結城は初めて打つが、蔵前倶楽部の当代最強は女性だと以前から聞いていた。

明実は痩身、漆黒のロングヘア。一応美人なのだが、切れ長の目はやや三白眼《さんぱくがん》でキツイ印象があり、結城は秘かに悪相の博多人形を思い浮かべる。

その明実の摸打は少しも淀みが無い。自摸から打牌まで常にリズムは一定で、特に結城が感心したのは正中線《せいちゅうせん》と矢状面《しじょうめん》がブレない事だった。

正中線とは動物の体の左右対称となる中心点（人の場合はヘソ）を通る線であり、その線に沿って人を縦に真っ二つにした面が矢状面である。雀卓にあって明実は、この正中線・矢状面とも前後左右に揺るがない。これは極めて稀な美しさであり、人が麻雀を打つフォームに結城が見とれるのは初めてだった。

前の半荘に役満を和了った余勢で、結城はこの半荘も東場から独り和了り続け、南二局で持ち点五万八千。楽勝の逃げ態勢に入る。

明実は放銃こそ一度も無かったが、黙々と摸打を重ねるだけで攻め気配が無く、持ち点二万を割っていた。

南三局ドラ八索で結城の親ワレ。早々と上家が筒子、下家が索子の一色手に走り、対面の明実は特色の無い捨牌。親の結城にとっては、子方が染め手を打ち合う展開が望ましい。したがって字牌を絞る気はなく、向聴《シャンテン》次第では下家にキー牌を食わせたいとも考えていた。

しかし九巡目、今まで和了放銃とも無かった明実から無造作なリーチが掛かった。この半荘で初めて明実が前に出た事に、結城は俄然緊張する。

ドラ

筒子《ピンズ》下の嵌張整理より六万の手出しが早い点を除けば捨牌に個性は乏しく、おそらくタンピン系だろう。

すると一発目、ラス目の上家が半ばヤケ気味に二万を切り飛ばして結城は驚く。二五万は本線である。

一瞬、もしや安目の見逃しではないかと訝った。しかし親ワレの自分から点棒を引き出そうと見逃し自摸専を選ぶなら、ここは最初からオープンだろう。まして萬子待ちなら染め手二軒を確実にオロせる。

　である以上、開かないのは萬子以外。それで自摸に自信があるのだろうから、いったいマチは何なんだと結城は考え込んだ。

　一発目、明実は引き寄せた八万を開いた。

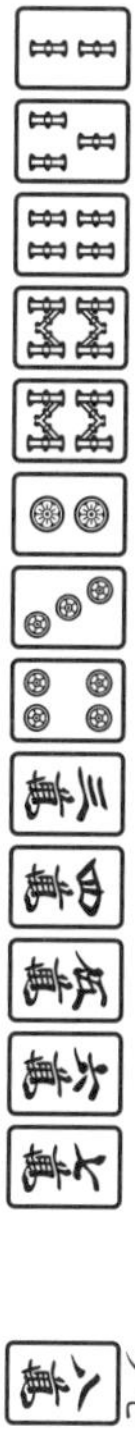

「裏イチで届いたよね」
　結城がワレ親で、見事な親カブリの大マクリである。
　オーラスも明実が六巡目、三本五本をさっさと自摸って〆《しめ》た。

　しかし結城は、この明実のゲーム回しに違和感が残った。一発高目三色を見逃してまでトップに固執するならオープンリーチの一手だろう。開けば一発か裏イチどちらかで条件を満たす。両方は必要無い。それを開かないなら、さっさと上家から倍満を和了るべきだ。

　トップは捲れないが、上家の箱割れペナルティ込み二万六千点の収入は上首尾。それが勝利の効率に則った妥当な手筋ではないか。

　結城には、トップ捲りに執着しながら徹底しない明実の手筋が、どこか趣味的フォームに映った。

「この、今風じゃないのが蔵前倶楽部最強の所以《ゆえん》なんだろうか？」

14

敏江は毎週木曜の夜から自宅でカレーを仕込む。

金曜夜だけ店で出す徹夜営業用の夜食である。自宅で十二人前を仕込んで店に運び、飯は店で炊く。セット卓の学生を中心に人気が出て、最近は九時前に売り切れるようになった。

実は、カレーを作ろうと言い出したのは笠置だった。

「カレーは原価率が低いんだ。牛丼だと原価は五割を超えるが、カレーは巧くすると飯を入れて三割。その他の夜食は、例えば麻婆丼なんて温め直す都度、味が落ちる。冷凍のピラフやうどんも最近は質が良いが、チンするだけじゃ客から値段が取れない。

その点手作りカレーなら一杯六百円に誰からも文句が出ず十二人前でざっと五千円粗利が出る。この粗利の一部でカップ麺を安く仕入れて二十二時以降は無料にする。これはウケるよ。一個百円ちょいの還元は何て事ないんだが、他の店で三百円取られるカップ麺がタダなら客は嬉しいさ。

客に喜ばれた上に利益がナンボか残るんだもん、やるべきだろう。カレーは売れ残っても、冷凍して次回分に混ぜりゃ良いからね」

この提案は、慢性的な客枯れに悩む敏江に響いた。雀荘という商売は、とっくに儲からない構造になっていたのである。

迎賓館の客単価は約三千円、一日当たり稼働率が二卓を下回る最近は、売上が五十万程度の月も多い。家賃、卓のリース料、諸経費を払うと幾らも残らないのだ。

理由は明白で、客が時代と共にめっきり減ったからである。特に繁華街でもない迎賓館に飛び込み客はほとんど無く、セット卓も常連の来店頻度が減って客入りは先細る一方だった。

雀荘人口が急激に落ち込んだのは八〇年代からで、以後ずっと下降線を辿ってきている。当時の二十代が麻雀の陥没世代と言われ、巷の雀荘は本当にバタバタと連鎖するように閉店していった。

識者はその現象を、若者の遊びが多様化したからと語る。特に、何時でも一人で遊べるコンピュータゲームの出現は大きいと。間違ってはいないだろうが、敏江はそれだけではないように思う。

麻雀を打てる人口は大して変わらないだろうに雀荘の客が減ったのは、要はキャンパスや職場の仲間内で小遣い銭を賭ける遣り取りが、今の若い人達に馴染まなくなったのだ。

麻雀は博打であって、長くやれば必ず奪う者と奪われる者が固定化する。その結果脱落者が生まれ、集団自体が崩壊してしまうケースもあり得る。

そこが嫌がられた。今時の若い人達は自分が属する集団内で、取った取られたの勝負を好まない。

金額の安い賭け事ならお遊びで単発的に成立しても、麻雀のように恒常化して、しかもかなりのダメージを与え、或いは負う関係性を、ある世代から疎ましいと感じ始めたのだ。こうしたメンタリティの切り替わりが八〇年代に起こり、徐々に拡がっていったと敏江は観ていた。この点を看破した笠置が面白い事を言っている。

「陥没世代って、麻雀を打てないんじゃないよ。お正月にはカルタや双六《すごろく》同様、麻雀やるさ。でも彼等、毎月は打たない。百人一首を毎月やる家はないし、まして坊主メクリに大枚賭ける馬鹿は居ない。それと同じなんだよ」

敏江が笠置説に頷くのは、競馬をはじめハウス対ゲストのギャンブルは若い人に順調な事と、フリー雀荘はなんとか持ち堪《こた》えているからだった。どちらも仲間内で競わない。

九〇年代に旧来型の雀荘が次々と廃業していく一方、点三点五のフリー雀荘が学生街に生まれ、次いで繁華街に拡がった。客は独りで行って知らない相手と安いレートで打つ。負けたって二、三千円。しかも傷が拡がらない内に、自分のタイミングで止められる。ゲームセンターにちょっと立寄る感覚に近い、この方式は当たった。今日生き残っている多くはこうしたフリー雀荘で、セット客頼りの旧来型はどこも苦しい。

さらにフリー雀荘の普及によって、若い人の麻雀フォームまでが一変した。敏江は新規客の摸打を一瞥しただけで、フリーで打ってきた客かどうかを見分けられる。

彼等は一様に先自摸《さきヅモ》しないし、捨牌を六枚三段にきちんと並べるので、すぐ分かるのだ。立膝鼻歌がマナー違反と思っていない年配サラリーマンより、行儀はずっと良いのである。

迎賓館も売上はずっとジリ貧で、最近は店を維持するのがやっとの状態が続いていた。笠置の提案はその辺を見越したもので、さして負担でもないカレー作りで月に粗利二万円増は魅力であった。ただ敏江は一度に多量のカレーを仕込んだ経験が無く、客が喜ぶ味を出せるか不安だった。

「大丈夫だよ。カレーの良いとこは、素人臭くても許される事だ。牛丼や中華丼の素人風は誰も認めないのに、雀荘ではジャガ芋がゴロゴロした御家庭風カレーの方がウケる。だから変に凝ろうとしなくて良いんだ」

笠置のレシピはメッシーナの賄い用で、大量に仕込む手順が効率よく示されていた。その上敏江がこれまで作ってきたカレーよりずっと美味い。

「ただ、手間を掛けずに量を作るにはちょっとしたコツがあってさ。玉葱を一人前に小玉一個、微塵切りにしたのを、レンジで先に水分を飛ばしておく事。その玉葱を、ＳＢ赤缶のカレー粉をまぶして気長に炒める事。牛肉は輸入の安いので良いからランプを焼いて、別に下茹でした具材と、合わせるのは最後にする事。

それとな。最後の最後、一挙にプロっぽい味に変える仕上げの秘伝がある。ボンカレー甘口のレトルトをドバッと二パック入れるのよ」

15

金曜七時、釘宮公人《くぎみやきみと》は黄緑色の上下ジャージが入った紙袋を提げて迎賓館に現れる。

入店時に五万円を両替し、一枚二千円の白チップ九枚と五百円の場代用赤チップ四枚が入ったプラスチック籠を受け取る。籠には三万円のデポジット機能が付いていてパンク者の保険になっている。負け過ぎて現金が足りなくなった者は、三万円まで籠で支払えるのだ。精算時には店が籠を三万円で買い戻す。これは昔、敏江の夫が作ったフリー卓用ルールで、敏江が踏襲して今も続いている。

釘宮はトイレでジャージに着替えた後カレーを食べ、文庫本を読みながらフリー卓の面子が揃うのを待つ。このルーティンは毎週寸分も変わらない。

釘宮の素性を知る敏江は、わざわざ着替えを持参して麻雀を打つ理由を想像できていた。釘宮は亡夫と同郷、北越の小京都と呼ばれた加茂《かも》市出身の後輩であり、西東京市の公立高校現役教師なのである。麻雀を打つ間ジャージに着替えるのは、衣服に煙草を含めいろんな匂いが染みつくのを嫌うだけでなく、週に一晩だけ日常と違う夜を迎える境界線なのかもしれない。

迎賓館の客個々人を亡夫が語る事は一切無かったが、釘宮に関してだけは別だった。

「釘宮の渾名はどこ行ってもムンクだった。絵から抜け出たみたいでさ。中学高校ずっと、周りから両手を頰に当てたポーズをせがまれたそうだ。

けど、ああ見えてIQはべらぼうに高い。郷里の高校の校長が『偏っちゃいるが、まっちげーね開校以来の天才』と言ってたし。俺もあれだけ無駄に頭のいい男を他に知らない」

生前に夫が語っていた通り、釘宮はムンクの「叫び」から出てきたような異相である。痩せぎすで異様に顔が長く、左右非対称の下顎は極端に細い。広く張り出した額の下の眼窩《がんか》が大きく窪んだ金壺眼《かなつぼまなこ》で、常に驚いているように見える。

まさにムンクなのだが、はにかんだような笑みを常に絶やさない釘宮の表情には翳《かげ》りが無く、穏やかな物腰と相俟《あいま》って、どことなく僧侶のような品があった。

亡夫は釘宮を殊更可愛がり、彼について語る時、日頃の無口が驚く程の饒舌《じょうぜつ》に変わった。

「バブル期に不動産屋のセット卓がレートをダブ五ピンまで跳ね上げたが、何時の間にかそこに釘宮が加わってる。現役の教師が打つ麻雀じゃねぇ、世間に知られたらどうすると叱ったんだが、あいつはニッコニコするばっかりで聞きゃしない。性格は良いんだが頑固なとこがあるんだよ。そのグループでも釘宮が圧倒的な勝ち頭でさ、毎週一回来て年間一千万はゆうに残した筈だ。麻雀の格がまるで違うからなぁ。

釘宮の麻雀を後ろで見てると本当に驚くぜ。山に残る牌の予測が神憑《かみが》かって正確なのと、とんでもない手牌の変化を平気で和了り切る。凡人とはまるで違う角度で捨て牌と山の残り牌の相関を眺め、何かを見切っているんだと思う。ありゃ教えたって誰にもできない、あいつだけに許された打ち筋なのかもしれない。

釘宮は大学の四年間、歌舞伎町の入り口にあったブー麻雀屋のボーイを夜の部だけ勤め上げた。代走の月締めマイナスが四十カ月連続一度も無かった事がムンク伝説として語り継がれたらしい。けど素っ頓狂な部分もあって、卒業前に西新宿で一杯呑ました折、高層ビル群の夜景に驚いてさ『おっけ、初めて見たて〜』だと。新宿には逆側だけど、四年も通っていたのに」

夫の通夜に来てくれた釘宮に初めて会った時、敏江はこの異相の高校教師が歌舞伎町で不敗伝説を作り、高レート勝負まで凌いできたとはどうしても想像できなかった。

しかし笠置も釘宮の強さを認めている。

「迎賓館最強は、そりゃもう断トツで釘宮君。次いで阿南ちゃんだろうな。阿南ちゃんもメチャクチャ巧いし強いよ。日本のサラリーマン百強てのがあったら必ず上位に入るだろう。

でも、仮に阿南ちゃんが人類最強の麻雀打ちなら、釘宮君は麻雀が最も下手糞な神様だ。この差は埋まらん」

「そうなんですか。じゃあ人と神の境界線って、何なんでしょう?」

笠置は暫く考えてから答えた。

「人は幸運に萎縮するんだよ。不ヅキには耐えられても、ツキ始めると自然に心が縮む」

「自分が幸運である事に怯えるって事ですか?」

「うん、まぁそうだね。これからひどく下がるって不幸の予感は的中するのに、今から上昇していく幸運の量は正確に測りきれない。幸運なんて、ほんの一つ小さなエラーで一気にどん底まで落ちるからな。好調子の時って、皆が内心おっかなびっくりなのさ」

「少し分かります」

「ルーレットを例に取ろう。紛れを無くす為に0と00が無いと仮定すると、赤黒の出現率は常に五割。これでチップを赤に置きっぱにして二十連勝できる奴はいないよ。十連勝でも最初の一万円は千二十四万円になる。

ここで俺や敏江さんだとテーブルから一千万引いて、残り二十四万円で勝負するよね。その後三連勝しても俺達は千百九十二万円にしかならない。でも釘宮君だと、ツラ目を最後まで食って八千百九十二万円獲りそうな気がする」

「え〜、だって十一回目が黒なら千二十四万円全部失くしちゃうんでしょ。よく平気でいられますね」

「いや、失くしたのは最初の一万円だけ。もっと言うと、賭場の張り駒の単位は円じゃなくて単なる枚数だ。釘宮君には一枚百円も一万円も、チップである点は同じ。換金額は単なる記号だからね。

カジノのチップは金額によって色が違うけど、釘宮君にとっては白いタクアンと黄色いタクアンがあるようなもんで、やる事の本質は変わらないだろう。そんな、人の規格を外れた点が彼には濃厚にある」

「大らかで人当たりが温厚で、実は危ない神様なんですねぇ」

16

釘宮の麻雀は確かに異質だった。

その根底を為すのはケタ違いの記憶力であり、これは釘宮が幼い頃からの癖だった夢の再現に始まっていた。今でも釘宮は目覚めてすぐ、見た夢の映像の一々に猛烈な勢いで脳内のシャッターを切り続ける。シャッターを切るとは、脳内に映像を刻み付ける代替行為である。逃げ水のように消え失せる夢は、その映像をできるだけ早く記憶として留めなければならない。繋がりは、映像の断片を紡《つむ》げば後からでも組み立てられる。釘宮は夢の残像を最初は言語で定着させていたが、記憶が流出する速度に追い付かず脳内シャッターに切り替えた。

この習慣を続けると記憶の蓄積量は飛躍的に増し、少年時代の釘宮は昨夜見た夢を最初から最後まで克明に説明できた。さらに、膨大に増えた記憶を必要な時、自在に取り出す訓練に発展させた結果、別の余禄が産まれる。

小学生の頃、池の緋鯉の数を問われた釘宮は鯉の群れ泳ぐ池に向けて一瞬、シャッターを切った。直後、目を閉じて池の絵柄を再生し緋鯉だけ数える。この方法を採れば空飛ぶ雁も猿山の猿も、数えるのは不可能でない。

こうした特異な訓練を続け、釘宮は卓上の動きを逐一映像で記憶し、蓄えた情報を反芻して攻防両面に用いる。

釘宮は同卓の三者にそれぞれ生家、大学時代のアパート、現在の自宅と云うファイルを脳内で割り当て、一牌毎の情報をファイル別に納めていく。

例えば東家《トンチャ》が三巡目に九万《キューマン》を捨てたなら、手出しか自摸切りか、他の選択肢に迷ったか、手牌のどの位置から出たか、ドラ表示牌を一瞬でも眺めたか、といった情報のフッターを付けて蓄える。

この際、生家の玄関の傘立てに巨大な九万が置かれた映像をイメージする。所謂、場所記憶術である。動物は、生存に影響する場所の記憶本能が最も早くから培《つちか》われ容量も多い。この本能を活かして釘宮は、四巡目下駄箱、五巡目廊下と、十七枚の捨牌を生家の中のあちこちに一方通行で据えていく。

この措置を、三人に等しく行って捨牌の全記憶を貯蔵すると、絶大な効果を発揮する。

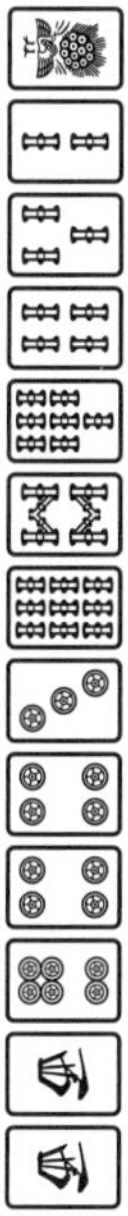

この手に五索を引いて六筒四筒と外す際の六筒と、

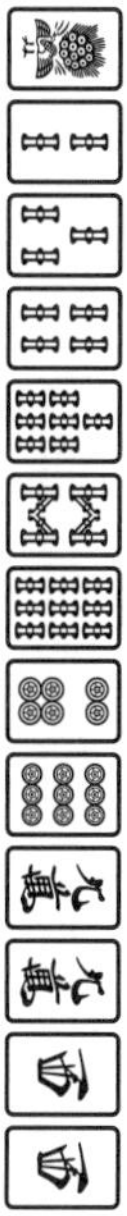

この手に八万を引いて六筒を捨てるのとでは捨牌の相が異なる。後に八筒を引いた時、前者の手牌ではあっさり自摸切られるが、後者では一旦手の内に留め置かれる可能性が高い。

さらにその筒子辺張《ペンチャン》を嫌った場合、後者の河《ホウ》には手出しの六筒が、同じく手出し八九筒よりも先に捨てられる違和感が顕れるのだ。これらの一々は些細な情報だが、時に価値が産まれる局面があって、釘宮はこうした情報の一切を見落とさない。

元々捨牌には一牌毎、打ち手の温度や粘り気の違いが顕れる。その一々を正確に反芻できると、後に摑んだ牌の危険判定の精度が一段と増すのである。

もう一つ、釘宮が脳内にイメージするのが牌の波形グラフだった。

横軸に1～9を、縦軸に1～4を置いた三種の数牌グラフを空想し、自手と合わせて牌の所在がハッキリする都度、高さを減らして波形を更新する。萬子《マンズ》に赤、筒子に青、索子《ソウズ》に緑を割り振ったグラフの、残った波形から萬筒索それぞれの伸び代を予測するのである。

例えば序盤早々一筒が枯れた場合は二筒か三筒が山に深いか、或いは誰かが縦に重ね持ったケースが多い。そうなると二筒四筒の嵌張は面子になり難く、つまりは筒子が下に伸びる発展性も乏しい。牌の残り具合については誰もが河を睨んで対処するが、横に連続する九牌の波形を認識した方が、はるかに多くを予測できる。

この手で聴牌した時、釘宮はダマ聴を選んだ。

場には八索と九索が二牌ずつ六索が一牌飛んで、つまり索子の上は横面子が出来難いのに七索だけが場に見えず、釘宮の脳内ではそこだけが高い特異な波形を示している。こうした状況の七索は、固め持たれて薄いと釘宮は判断していた。

同巡、志堂寺が四索《スーソウ》を手出しで捨てた。ドラ六筒暗刻《アンコ》の為にギリギリまで動ける形を追った形で四索のソバ聴は致し方ない。

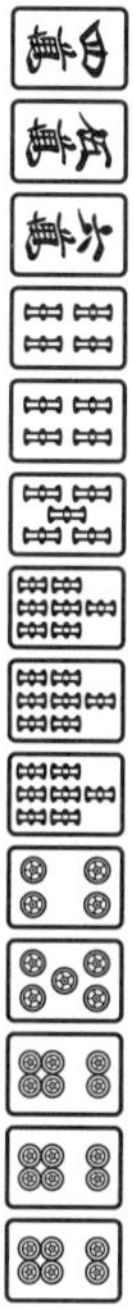

志堂寺は、高目三色の跳満を慎重にダマで構えた。

次巡に三索《サンソウ》を自摸った釘宮は少考して九索を切り、敢えて役無しを選ぶ。

さらに二巡後六索を自摸る。

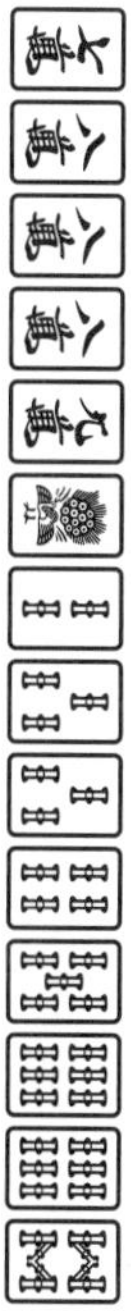

この局面で、自手と河を合わせた索子波形は六索と八索と九索が残り一牌、七索だけ初牌だった。釘宮はここで七索を見切り、八索を捨てて中膨れの八万と六索のシャボに受ける。

次に七万を自摸った。

萬子の波形は九万が手牌を含めて全枯れ、八万が残一で七万が残二。しかし五万と四万も場に安く、それぞれ二牌ずつ切れている。六万は初牌だが、まず山に残っていないだろうと釘宮は観た。元々手の内に暗刻が一つでもある場合の両面を、釘宮は信じない。

九万を切ってリーチ。

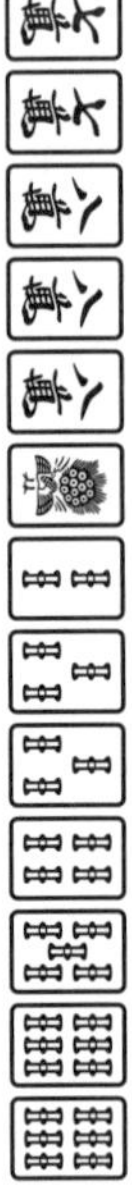

同巡、志堂寺が追っ掛ける。

志堂寺一発目の自摸が七索で加槓、槓ドラ表示牌に六索がめくれた。

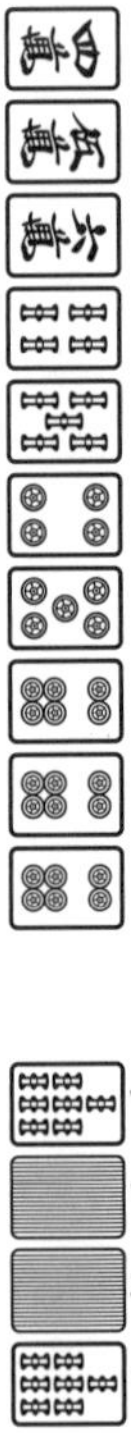

一瞬で志堂寺の手は最低倍満の超弩級になったが、同時に高目が枯れてマチは三索が残り二牌。

釘宮もシャボの片割れ六索がカラになって七万だけとなり、残り二牌。

最後の自摸番で釘宮が静かに七万を引き寄せた。裏は乗らず、僅かにゴットーだが、この一局を制した意味は大きい。この半荘だけでなく、当日の勝負全体にも影響を及ぼす分水嶺の和了だった。それを最もよく知る志堂寺は、釘宮の最終形と捨牌を交互に見て手牌の変化を理解し、小さく首を振る。

結局半荘十二回打って釘宮はトップ四回、二着四回、三着三回、ラス一回でその夜の勝ち頭となった。連対率六割六分は圧倒的だが、ラス率八・三パーセントに釘宮の特異な強さが顕れている。

朝五時過ぎに釘宮は迎賓館を出た。保谷の自宅への帰路、いつもの苦行が始まる。

記憶と反芻を長時間繰り返した精神の集中を解き、自己に弛緩《しかん》を許した途端、凄まじい反動が脳に襲いかかって来るのだった。この時、釘宮の脳裏にはきまって長大なダム壁の画像が浮かび、その壁が向こう側から崩壊し始める幻覚が現れる。

次いで、一晩に関わった全ての牌が何万もの巨石に変わり、壁を何か所も突き破る怒濤《どとう》の奔流となって釘宮に襲いかかって来るのだ。

しかも、この幻想は強烈な偏頭痛と吐き気を伴い、頭蓋が割れるように痛む。酸欠に喘《あえ》いで涙は止まらず、胃液は何度も口腔へ逆流する。早朝の電車に乗客は少なく、いつも釘宮は隅の座席で頭を抱え込みながら震え、記憶が氾濫する激痛に耐え続ける。

「人が使わね頭使ってるんだすけ、しょーがねーてば」

釘宮は自らの記憶法を特技ではなく、偏った障害に近いと捉えていた。現に地名や元素記号、外国の地図や行政ルール等、関心の無い情報は人並以下の記憶しか無い。脳内シャッターが働かないのだ。

逆に麻雀やカードゲームには人間技を超えた能力を発揮する。但しゲームの記憶は一回毎完全に破棄する必要があり、その忘却に伴う苦痛は幾つになっても慣れなかった。寧《むし》ろ痛みの度合いは年々激化する一途のように感じる。

「人の記憶の総量なんて違いはねぇ。なんかの記憶が深い分、逆に覚え切れねぇもんはあるもんに。そこをこっちの都合で勝手にいじくる以上、苦しいのは堪《こら》えねばて」

山手線を何周かすると徐々に歩けるようになり、保谷駅を出る頃には、幻覚も吐き気も治まっている。武蔵野の面影が残る畑の傍を歩きながら、早朝の清気を大きく吸い込む。次第に脳に酸素が行き渡っていくような爽やかな感覚があり、徐々に釘宮は蘇っていく。

この時間は、人の限界を超えて記憶力を酷使した後のクールダウンだけでなく、釘宮が狂気の天才から常人の日常に還っていくのに必要な行程でもあった。

家族には金曜の泊まりを、大学時代の先輩が経営する三島の学習塾を手伝うと説明しており、それ故のジャージ持参である。釘宮は週に一度嘘までついて自らを過酷に苛《いじ》め抜く麻雀を打つ事で、体内の何かを平衡化できたような安堵を得る。それは自分に都合の良い錯覚だろうと釘宮は自嘲するが、しかしその錯覚が無かったら、来週も謹直な高校教師でいられるか、危うい気がする。

自宅のすぐ手前、高い銀杏の木の曲がり角で釘宮はいつも同じ事を思うのだった。

「俺はいつまで、こんげに生きるんろっか」

17

笠置は千葉の工業団地に早朝から詰めていた。提携する厨房機器メーカーと長く共同開発してきた麵茹でロボットの最終試験を迎える日だった。

笠置はメッシーナの事業を根底から改革し、新たなフランチャイズラインを創造するプロジェクトの推進リーダーを担っていた。新ラインでは厨房をオール電化して、調理技術の完璧なデジタル化が行われる。その改革によってマニュアルの精度は上がり、全国何処の店で何を食べてもメッシーナは寸分変わらぬ味になるのだ。併せて、従来は各店が独自に行ってきた仕入れも廃し、全食材の規格を揃えた上でフランチャイザーが各店舗に毎日配達する体制に変える。極端に言えば、店舗の調理とは本部が配給する半茹での冷凍麺を解凍し、一人前にパックしたソースで和えるだけになる。

この改革が実現すると調理時間は大幅に短縮されて回転率が上がり、コックも短期間で促成できる。その上メッシーナの売上はフランチャイジー各店の仕入れ額を吸収し、一挙大幅増となるメリットがあった。

スパゲティが売上構成比九五パーセントを占める業態ならではの改革だが、この実現には今より簡便で利益率が高く、その上美味《うま》いとフランチャイジーに証明できる事が前提になる。味の決め手は麺の冷解凍とソースの完成度であり、冷凍技術とソースは既に解決できていた。

しかしロボットが行う『仕上げ茹で』が何度改良を重ねても納得の水準に至らない。

ロボットは麺の茹で加減を二十一段階に調節できるのだが、人の味覚とは不思議なもので、試食者を変えて何度実験しても麺の好みは十番か十一番に集中した。常に二つの支持が同割合で四五パーセント、九番と十二番が共に五パーセントの結果になる。それでいて十番も十一番も、麺の旨味の点で人が乾麺を茹でたものに何故か及ばない。

この結果の繰り返しに社長は苛立った。

「何度やっても二つに分かれるのは、どっちも最高じゃないって事だろ。しかも、人が茹でた麺に敵《かな》わんのならロボットにする意味が無い。外食で、味を犠牲にした効率化なんてありえんだろうが」

まさしく至言だった。人に追い付くでは不充分、人を上回る結果を安定して出せるまでレベルを上げなければプロジェクトは頓挫しかねない危機にあった。

今回漸《ようや》く問題点を解決できた手応えがあり、今日社長と副社長を招いての検分を受ける。謂わば笠置の正念場なのだが、メーカーの工場長の方がよほど緊張していた。

今日のテストは社長自身が乾麺を茹でた手製パスタと、半茹で冷凍麺を解凍した新方式パスタを比較する。メニューは最もシンプルで差が出やすい青高菜とシラスをはじめ売れ筋六種。久しぶりのコックコートに着替えた社長が、工場のテスト用厨房を点検し始めた。

「レストランの経営者が厨房に立てなくなったら即引退」と唱える社長は、七十代半ばを越えながら厨房での立ち姿が極《き》まって、手際も美しい。

二つの完成タイミングが同じになるよう、新方式は社長の調理開始からきっかり九分後にスタートした。

同時に出来上がった両方式を、誰にも見せずに笠置が十二皿に盛り分ける。社長手製が六皿、新方式が六皿。皿の裏のシールを見ない限り違いは分からない。

試食後、驚くべき結果が出た。

六種全てで、全員が新方式を美味いと判定したのである。

社長ですら、どれが自分の手製かは当てたものの、美味いのは新方式であるとした。

「いやぁ、驚いた。まさか自分が作ったより美味い物ができるとは思っていなかったぞ。新方式の麺は前回微妙にパサつく感じがあったが、今回はバランスが実に良い。粉の旨味は、寧ろ新方式の方が強いような気がする。皿に残ったソースが少ないから、麺がソースをよく吸ったんだろうな」

実は改良点は極めて単純な部分だった。茹でザルの底に小さな湯溜まりを数か所設け、湯切りで麺に微量の湯が残るよう設計し直したのである。

うどんの湯切りは金ザルより目の粗い竹ザルを使い、特に讃岐では茹でた麺を布の袋で漉す店が多い事に笠置が気付き、工場長が形にした工夫だった。


一同を集めて社長が語る。

「これでようやく新方式の目途が立った。ここまで来るにはスタッフに随分と御苦労があったと思う。正直、私自身がもうダメかと諦めかけた時があった。しかし、そこを踏ん張った皆さん全員の御努力に敬意を表します」

社長の謝辞を聞いて工場長が会心の笑みを湛《たた》え、笠置に小さな黙礼を寄越した。今日に至るまでの間、途方も無い量のパスタを茹でて試行錯誤を重ねた二人には格別の達成感と安堵があったのだ。

千葉からの帰路、笠置は社長車に同乗するよう命じられた。副社長は別の車で先に帰社したらしい。

車中で笠置は麵茹でロボットの特許出願について説明したが、今一つ反応が鈍い社長の様子が意外だった。湾岸に入った時、前を向いたまま社長が呟く。

「副社長の弟が税務署を早期退職してな。再来月から常務でウチに来てもらう事にした」

笠置はなるほど、これだったのかと思った。

往路は社長車に夫婦で乗って来たのに何故か別々に帰る。実弟を笠置の上役として入社させる気不味《きまず》さから、副社長は説明役を社長に託したのだろう。そういえば最近、何故か副社長の態度が余所余所《よそよそ》しく感じられていた事にも合点がいった。

「気を遣っていただく事は無いのに。会社が大きくなるには、いろんな才能の結集が必要ですよ」

と言おうとした寸前、笠置に閃くものがあった。

社長は今年七十七歳。これは禅譲の準備ではないか?

子供の無い社長夫婦が今後会社を同族で固めると決意し、自分を除いた経営形態を考え始めた可能性はある。

「役員担務はどうお考えですか?」

「経験を活かしたいから、最初は財務をやってもらう。ただ、ウチの現場も知ってほしいので工場も兼務してもらおうと思う」

財務と工場の次は何を担当させるつもりなのかと問いたかったが、それは止めた。目を合わせようとしない社長を問い詰めても仕方ない。

首都高に入っても二人は無言だった。笠置は、沈黙を不服の表明と受け取られたくなかったが、無駄な会話で場を取繕う気にもなれない。

前を向いたまま四十年余の様々な場面を思い出していた。楽しかった記憶は一つも出て来ず、もう観念するしかないと追い込まれ、しかしどうにか乗り切った辛い試練ばかりが浮かんだ。

「試練はいつも、立ち向かう者の器量で越えられるかどうかスレスレの物が与えられる」

これはかって志堂寺が語った金言だが、さて今回はどうだろうと笠置は考える。

18

阿南はヴィンクラのプレゼンスタッフとして、フリーカメラマンの仙波《せんば》に参加を乞うた。カメラマンがスチールだのムービーだのと専門を分けていた時代はとうに終わり、当今は企画に始まってコピーやデザインまで、何でもこなせるオールラウンダーでないと座敷が掛からない。この点仙波は実に器用で、通訳から撮影の交渉手配までやってのける。阿南とは同い齢《どし》で付き合いも長く、アイコンタクト一つで分かりあえる間柄だった。

何度目かの打合せで仙波が言う。

「阿南ちゃん、よくよく考えたんだが、こりゃ伊原社長が驚いてくれる表現一発しか勝ち筋は無いんじゃねぇか？　となると、理屈で押しても仕方ないよ。とにかく社長のツボにハマらなきゃ」

「俺もそう思う。ただなぁ何を以って驚かせるよ？　凝ったギミックは社長が受け容れないし、表現を尖らせると主婦層のレスが下がるぜ」

「ヴィンクラって、タレントはどうなの？」

「昔の名前で食ってる女優を取っ換えひっ換え2クールで契約してる。どれも主婦向けの理屈っぽくない安タレントだが、競合を超えるインパクトは無いね」

「いっそキンタンスィンってあるかな？」

阿南は驚いた。キンタンスィンとは、民主化を求めて軍事政権と闘うアジア某国の女性闘士である。

「広告なんて出ないだろ。それ以前に交渉ルートがあるのか？」

「いや、実は二年前に調味料メーカーのムックを作ってさ。世界の著名人にお国料理を作ってもらう企画でキンタンスィンを取材したんだ」

仙波が取り出した豪華な背綴じのムックには、二頁でキンタンスィンがシャンそばという汁無し麺を作る姿が紹介されていた。

「これ、現場に行って仙ちゃんが撮ったの？」

「あぁ彼女の自宅で撮ったよ。古いけど、石造りの立派な洋館でさ。台所が小学校の給食室みたいにダダッ広かった」

「いったいどんなルートで取材申し込んだんだよ？」

「タイに進出した日本の百貨店バイヤーからの紹介なんだ。彼女は『建国の父』と呼ばれる軍閥トップの娘でさ、親父に命じられて若い頃、京都の私大に留学していた経験がある。現政権は日本の商社とズブズブらしく、表立って彼女は親日派とは言えない立場だけど知日派ではあるんだよね」

「しかし、よくまぁお国料理なんて呑気な取材を受けたもんだな」

「彼女が率いる民主化運動には理念派と現実派の二派閥があってさ、日本に居る現実派は当時極端な資金難だった。彼女の気さくな一面が雑誌で紹介され、その上幾らかでも取材謝礼が出れば御の字なんだと。日本円は無力だが、ドルに換えたら現地じゃ凄まじい価値だからね。

政治的な質問は一切しない、お国料理を作ってもらう能天気な取材と約束したら、案外早くに許可が下りたよ。スポンサーも最初はノって是非やろうと決定したんだが、これが後からビビり始めてさ。万一の場合は取材オファーから撮影まで、俺が独りで突っ走った事にしようと」

「仙ちゃん便利だもんな」

「彼女手製のシャンそばは川エビの塩辛の塩梅が良くてさ、茹でピーナツと香菜もうんと入って、ちょっと日本じゃ食べた事が無い美味さだった」

瞬間、阿南の中で弾けるものがあった。これは転がし方次第で隘路《あいろ》が開くかもしれない。少なくともキンタンスィンを起用する案は他社から絶対に出ないから、今回駄目でも自分達を観る伊原社長の目が変わる。それだけでも算盤は合う。

「仙ちゃん、化粧石鹸の広告出演ってオファーで、そのルートと詰めてくれないか。先方が本国と提案を検討できるよう新聞十五段のラフを至急作ってさ」

「分かった。ルートは当たるしラフもすぐ作るけど、一点問題がある。彼女の政治環境って、これまでにも何度かコロコロ変わった。俺達が取材した時は、軟禁ではあっても比較的緩やかだったみたいでさ。

ところがその後、軍事政権内部で内部抗争が起きて、今は戒厳令が布《し》かれてる。聞いた話じゃ、現政権は彼女にやたら厳しくてコンタクトすら難しいかもよ」

ところが意外にも日本在留の民主化運動グループからプレゼンに提出する許可は得られた。但しキンタンスィンには広告出演すべきと進言するが、最終判断は本人が下すので直接会って交渉せよ、との条件付きだった。また現地で彼女に会うには、相応の困難を覚悟する必要があるとも言われた。


阿南は新聞広告のミニラフを携えて外務省東アジア課に赴く。

「現政権と政治的闘争中の国際的著名人を、日本の企業が広告に起用する事に問題はありませんか？」

阿南の問いに外務省の課長は答える。

「どのような政治的立場の方であれ、民間企業の行為に当省が善し悪しは述べません」

「そうですか。現政権にしてみると、自らの反対勢力に日本企業が財政支援を行っていると映って、それは怪しからんとクレームが入る事も無いのですね」

「当省にそうしたクレームが来る事は無いでしょう。よしんばクレームが来たとしても、あれは民間の企業行動であると応じるだけです」

「しつこくて申し訳ありませんが、かの国から外務省宛にクレームが来た事例は他に一切無いのでしょうか?」

「大昔に一例だけあります。某週刊誌がアジアの国別売春婦ランキングなる記事を載せた際、かの国の象徴的な寺院、日本だと靖国神社になりますか、その写真を一緒に載せた事にクレームが来ました。この場合は、そうした反発感情があった事を出版社に告げて注意を促しましたけど」

「有難うございました。さて、調子に乗ったお尋ねで恐縮なんですが、民間企業の行為に外務省は関知されない旨、一筆書いていただく事は無理ですよね」

「当省は、尋ねられた事に見解は述べますが、その文書化は致しません」

「では貴方の名刺を会社に示し、外務省ではこの方から斯《か》く承ったと事実通り復命するのは構いませんか?」

ここで初めて課長は微苦笑を見せた。

「それは構いませんよ」


翌日、社長了解を取り付けようとしたら繰生局長席で難航した。

「阿南さぁ。よりによって、なんでまたキンタンスィンなんだよ。プレゼン勝った後、本人了解が取れない場合もあるんだろ。洒落にならんじゃないか」

阿南は抵抗しない。

「こうした大きな案件ですから、取り敢えず社長に上げませんか? どっちの結論になっても、後々自分に相談無く決めたと思われちゃ拙《まず》いでしょ」

しかし社長は一発だった。

「面白いじゃないか。原稿もよく練られている。当社みたいな所帯じゃ、こうした活きのいい提案が時に要るんだよ」

実はこの展開には裏があった。昨日外務省から帰社した途端、阿南は社長室に呼ばれていたのである。外務省の審議官である社長の旧友から、

「君んとこの社員で、えらく変わった乱暴モンが来たぞ」

と、先に一報入っていたのだ。

阿南が報告する外務省との折衝を、社長は大笑いしながら聞いた。

その時点で社長からのゴーサインは得られていたのだが、阿南は気を遣い、

「明日、局長経由で上げますから」

と念押ししたのだった。社長のトボケもキツい。

19

プレゼンは五社競合、阿南達の順番は最後だった。持ち時間二十分で質疑応答が十分。阿南達が三時四十分からなので、逆算すると伊原社長は午後ずっと提案を聴き続けている事になる。こ

れでは自分達がプレゼンを始める前に、聴く側は疲れてしまっているだろう。

　前の組が押して待機が三十分を超えた時、阿南は仙波に告げた。

「仙ちゃん、前段を全部飛ばそう。似たような前説を五回も聞かされる方はダレる。ド頭にラフを見せて結論を先に言おうや。サマリーだけ配って企画書は後で読んで下さい、の方が賢いよ」

　阿南の計算は当たった。

　プレゼンの冒頭、原寸の新聞十五段ラフのハレパネを見せた瞬間、伊原社長の表情が一変したのである。

「これ、キンタンスィンやないか。ウチの広告にホンマに出てくれるんか？」

「彼女が率いる民主化運動の日本在留メンバーは、このラフ原稿を確認しています。その上で提案する事を了承しました。

　彼女も本国でこのラフをチェックしています。見ているからこそ出演に伴う様々な付帯条件が付けられました。これは後で詳しく御説明申し上げますが、条件が多くて厳しいのは、出演に本気である証左と御理解下さい」

　伊原社長は腕組みをしたまま黙って頷く。

「まず、普通のタレント提案とは前提が異なります。国際的人物ですから、出演の可否は貴社の意志を承って後、彼女自身が最終判断します。つまり広告主が望んでも即決定とはならず、広告主が決定した後に、出る出ないをキンタンスィン本人が決める手順です」

「なんぼや」

「オール媒体年契八千万で交渉中です。但し交渉中とは金額ではなく、諸々の付帯事項についてです。本人がＣＭ出演を嫌っており、ＣＭは新聞用に撮影した写真を使った表現のみ可能。また、この肖像写真の画面上にナレーションを被せる事は不可です。

また本人は商品を手に取りませんし、企業名商品名も一切口にしません。御社のキャッチフレーズも語らないし、撮影時の演技も注文できません」

「そら、しゃーない。そんだけの人やねんから。ハイ笑ってぇ、とは頼めんやろ」

阿南は無視して説明を続ける。

「肖像利用は、完成原稿をチェックさせた上で、テレビと新聞と雑誌とネットだけ。チラシ、ポスター、ＤＭ等一切の販促物への転用もできません。しかも肖像写真と同一画面に載せて良いのはBe Naturalの一行だけです。

最後にもう一つ、これが肝心なんですが、特殊な条件があります。彼女達が選ぶ留学生を毎年三名以上雇用していただき、日本の大学で学ばせながら貴社のダイレクトマーケティングを現場で教えていただきたいのです。この制度を最低五年間継続していただく事が、彼女達を動かした条件と御理解下さい。

この制度を仮に『ヴィンクラ企業留学制度』と名付けましょう。キンタンスィンの肖像を使う全ての原稿には、肖像と広告との境界に『両者で企業留学制度を設立した』旨を記載する事が全ての前提となります」

この企業留学制度は、在留の民主化運動グループとの折衝が何度もスタックしかけた時、阿南が編み出した苦肉の策だった。何とか今日のプレゼンまで漕ぎ着けられたのは、この留学生オプション故である。

説明を聴き終えた後、すぐに伊原社長が口を開いた。

「ふ〜ん。よう考えたるやないか。ひつこい説明要らん、要は彼女に出てもろうてウチの暖簾の信用高めい、言うんやな」

「はい」

「あんた自身が行って彼女に直に説明するんやろな」

「そのつもりです」

「よっしゃ、おもろい。留学制度はわしが快諾した、言うてええで。その代わり、了解取れるまで帰って来んなや」

阿南は、更にここでもう一歩踏み込んだ。

「有難うございます、了解取れるまで帰って来ません。ただ、もし首尾良くいったら当社のお願いも聞いていただけませんか？」

「なんや、褒賞金寄越せてかい」

「似てますが違います。キンタンスィンを起用するキャンペーンに限っては、広告会社が得る媒体利益の半分を当社に分ける御祝儀をお願いしたいのです」

「扱い変えるんは媒体社が絡んでややこしいわい」

「帳合変更は無用です。当社は売上を求めていません。他の広告会社は、当社が大汗かいた原稿で商売するのですから、利益だけは分けていただきたい。制作者に媒体利益が配分されると知ると、その後駄馬でも必死に走り始め、結局御社利益になって還ります。

しかも、御社の出銭を増やしてないのがミソでして。当社との利益折半を命じる社長の指令書を一札頂ければ、後は各社と当社で個別に折衝しますから」

「分かった、あんじょういったら書き付けは約束したる。役満引いたモンには祝儀やろ」

20

四月に入り、代替わりした蔵前倶楽部の新執行部から、結城に珍しいオファーが届いた。

「今年の新入生が上級生の対局を見学したいと希望するので結城に参加して欲しい」との事。倶楽部新代表に就いた分藤《ぶんどう》先輩直々の依頼だった。面子は他に、会計生島《いくしま》・外務甲斐《かい》の全員四回生。先輩を数多《あまた》差し置いて選ばれたわけで結城に断る理由は無かったが、一応確認する。

「僕、初《しょ》っ切《き》りはできませんけど」

「ハハ、巡業じゃない本割《ほんわり》だ。普通に打ちゃ良いんだよ。新入生に余所《よそ》行きの麻雀見せてもしょうがない。いつも通り打つのはたぶん君だろうと、皆が一致したから誘ってるわけでね」

分藤は人格者、生島も温厚篤実、ただ甲斐だけ結城は鬱陶しかった。甲斐にはフルネーム甲斐潔《きよし》をもじった解説黒頭巾の渾名があり、これは彼に雀卓での講釈が多い事に拠る。何故か自分の手筋を詳しく解説したがる手合いは、昔から雀荘に必ず居た。

結城は講釈に限らず全ての麻雀論議を嫌う。戦術論から経験則まで、凡《およ》そ時間を費やす価値が無いと思うからだ。

麻雀は偶然が大きく作用するゲームで、だからこそ麻雀打ちは確率的優位を重んじる。しかしこの優位性とは、夥しい試行数を重ねた結果、例えば一千万回中五百一万回が右、四百九十九万回が左という僅差であったりする。それでも右を選ぶべきなのだが、半分は左の裏目を覚悟しなければならない。

要は不可避の裏目が必ず存在するのが大数の法則であって、人智で精度を上げられるものではないのだ。

自摸牌だけ考えても、他家に渡った牌、山に残る牌、誰も使えない王牌《ワンパイ》と、確率の変動条件は多く、しかも他家に不要となって拾えるか否かは、他者の判断や性格までが影響する。

つまり麻雀における確率的優位とは極めて大雑把な域を出ず、論じても仕方がない事と結城はとうに結論を出していた。

オカルトに至っては、まともに取り合う気も無い。流れも運気も、そんなものがあってたまるかと思う。電動卓は前局を記憶しないし、カジノでバカラのツラ目に因果律を語る馬鹿は居ない。

こうした結城の、データを冷静に踏まえた麻雀へのスタンスが新入生見学対局の面子に選ばれた理由かもしれなかった。

見学当日、男女各二名の新入生が迎賓館に来た。卓の背後に椅子を置きやすかった甲斐の席と、対面の結城の背後に二名ずつ付く。

甲斐は独り饒舌だった。新入生へのサービスのつもりか、どうでも良い事を延々と喋る。

「麻雀は中国じゃブレインスポーツとして扱われてる。囲碁将棋、コントラクトブリッジと同格でね」

「白は宮廷で女官が遊ぶ楊弓の的、發《ハツ》は矢を放った瞬間、中《チュン》は当たりって意味なんだよ」

主たる聴衆は甲斐本人なのではないかと、結城は少し可笑《おか》しい。

半荘二回目の南三局。生島が地和《チーホー》を自摸った。

次局オーラスで親は甲斐、前局の役満で生島以外全員沈み。ドラ八万が配牌から対子で甲斐は逸《はや》った。

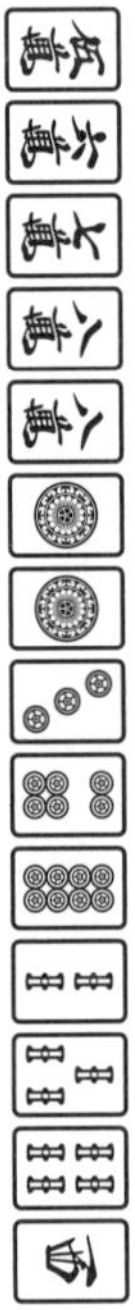

七巡目、この手に四筒を自摸った甲斐は一筒二牌を手牌右端に移し、その内の一枚を切り出す。

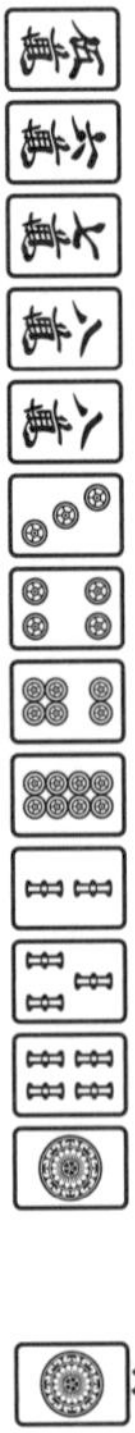

打

この動作を結城は見逃さない。

同巡、この手から上家が切った七万を嵌張でチー、打八万。これを甲斐が叩いた。結城は甲斐の一筒で二千点を和了り黒棒分浮いてマルAを逃れる。甲斐は露骨に顔をしかめた。

次の半荘の南一局。並びは生島・結城・分藤・甲斐。二の二の左四、甲斐の山からの取り出しに本人が呟く。

「甲斐けつゾロ目って、知らねぇか」

誰も反応せず、結城だけがフッと笑った。

この局、甲斐の配牌には發中が対子、しかも中ポンの次巡に白を引き込んで対子にした。これもすぐ出てポン。

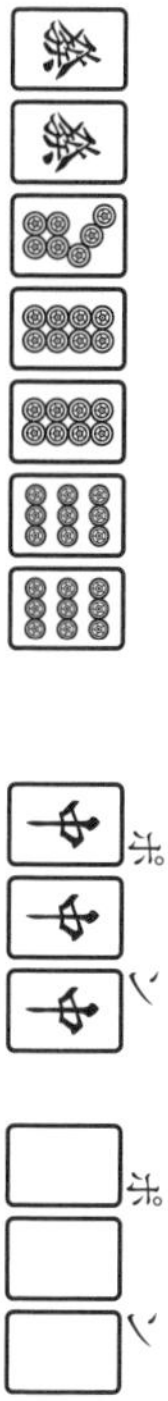

六巡目にして小三混一の聴牌。同巡結城は、

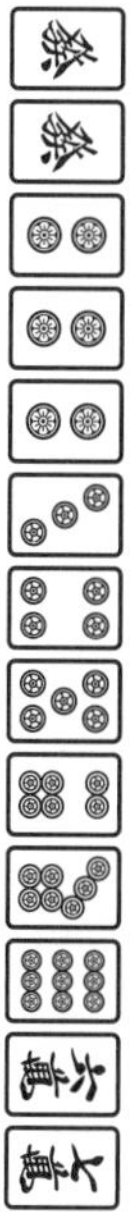

この手に五万を引いて九筒勝負。甲斐がポンして七筒打。

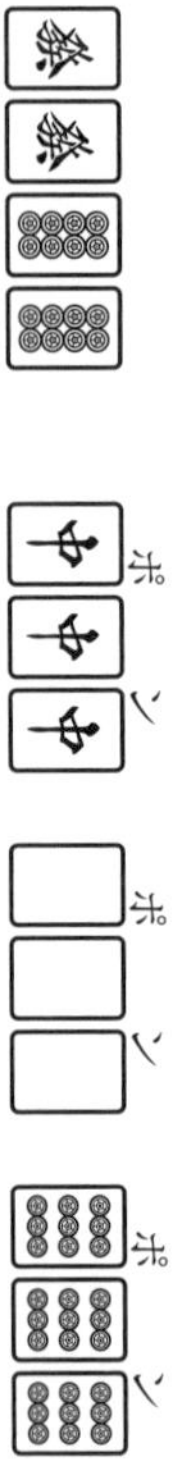

安目でも倍満に変化した。甲斐は手牌四枚の勝負形となって、完全に目が上がる。

次巡、結城がオープンリーチを打つ。

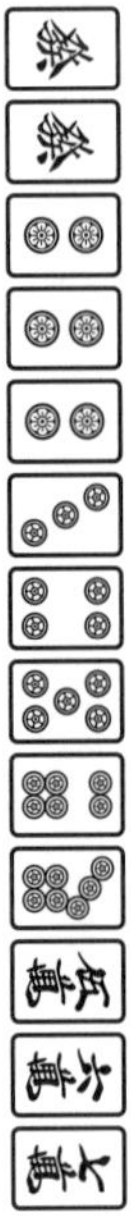

二筒は親の生島が序盤に切っており、結城から見た待ち牌は五八筒發の九枚だった。（実質は甲斐の手牌と合わせると五八筒の五枚）

開かれた結城の手牌を見て甲斐は顔色を変える。

「あのさ、オープンに打ち込むと役満払いだよな。俺が割れ目だから六万四千点。今もし俺の手が全部当たり牌で、更に当たり牌を持って来た場合、切るしかないよね。その時、俺が山を崩しちゃったらどうなるの？　チョンボ八千点で済むの？」

分藤が応じた。

「甲斐さぁ、それはないよ。誰も故意にチョンボをやらないのが信義則じゃないか。しかも後輩のオープンに振り込むのが嫌で山を崩したら、末代まで語られるぞ」

甲斐は「そらそうだ」と笑ったが、次巡に盲牌《モウパイ》した瞬間、怒りで顔を膨らませた。五筒を投げ出す。しかし、ロンと気合良い発声で手を開いたのは親の生島だった。

「七対子だけ、二千四百点」

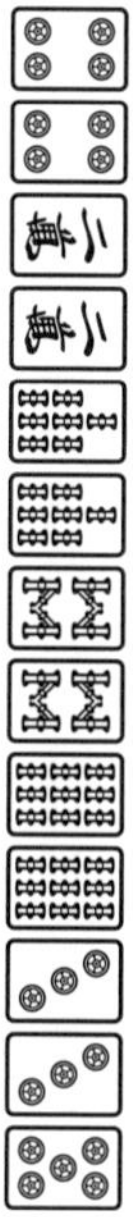

直前の捨牌が七索であり、おそらく三筒自摸の聴牌だったのだろう。ずっと対子手意識で構え、順子《シュンツ》手を見ていなかった事が理牌《リーパイ》から明瞭だが、しかし生島は序盤二筒を捨てており平和《ピンフ》のフリテンである。ここから揉めた。

甲斐は主張する。

「蔵前はずっと頭ハネで来てる。結城より生島が上家なんだから、生島のチョンボに決まってるじゃん」

分藤が疑念を示す。

「でもさ、そうすると下家の大物手を、常に上家がチョンボで阻止できる事になる。それは不条理じゃないか?」

もう一点紛糾した。

仮に生島のチョンボであるとして、その飛びペナルティは誰が得るのか。生島が四千点ずつチョンボ料を下家から順に払うと、三人目の甲斐で点棒が足りなくなって箱割れ。

となると生島を刈ったのは甲斐で、ペナルティ一万点は甲斐に与えられるのだろうか?

甲斐も分藤も譲る気配は一向に無く、生島と結城は沈黙を保った。

21

金曜夕刻阿南が迎賓館に着いた時、珍しく釘宮が来ていなかった。電車が止まったので遅れると律儀な電話があったらしい。

志堂寺、笠置、阿南が卓に着いて待っていた時、おずおずとセット卓の学生が近づいて来た。表情が多少昏《くら》いけれど端正な顔付きで、地頭の良さが顕れている。

志堂寺は、学生のライトグレーのポロシャツがスメドレーである事に気付き、迎賓館の学生には珍しいと感じた。

学生は敏江に質問する。

「あの、僕は結城叡介といいます。実はあっちの蔵前倶楽部セット卓で揉めてるんですが、ルール解釈にいろんな言い分があって解決しません。それでお店のフリー卓のルールに従おうと決まったので、教えて頂きたいのですが」

「そう言われてもねえ、フリー卓のルールは大昔からのもので、今の学生さん卓の参考になるかしら」

「同じような事態の判例でもあれば有難いので、教えて頂けませんか？」

敏江が困って三人に視線を送る。受けた志堂寺が、

「教えて上げようよ。まずきちんと名乗る礼儀は今時小気味良いじゃないですか」

笠置が阿南に押し付ける。

「うん、時に判例無きにしも非ず。阿南ちゃん、教えて上げようや」

結城は丁寧に頭を下げ、阿南に向かって状況説明を始めた。

「有難うございます。実は北家の打牌に、東家と南家が同時にロンを発声したんですが、東家はフリ聴でした。

因みに僕達のルールは頭ハネですが、意見の一つは、席順でチョンボが和了を頭ハネしてチョンボだけ有効。もう一つの意見は、チョンボが和了を押さえるなら、上家は罰符払えば下家の大物手を故意に潰せる不条理が生じる、故に、チョンボと和了が両方成立すると。

更にもう一つ、和了はチョンボに優先する筈だから、和了だけ成立、チョンボは不問という意見も出まして」

「阿南勘一《かんいち》、答えます。それは迎賓館のルールでなく、麻雀の一般論で明らかだよ。一局に点棒の授受は一回だけ、和了は全てに優先する。この大原則に照らせば、和了だけが有効、チョンボは不問になる」

「有難うございました。もう一つ教えて下さい。さっきのケースで東家の持ち点が一万六百点でした。もしチョンボになった場合、罰符一万二千点を払うと飛んでしまいます。

この場合、誰が親を飛ばしたかで揉めました。飛びには一万点ペナルティが付きますが、罰符

を四千点ずつ南家から順に払うと北家が飛ばした事になり、北家に権利が生じます。

　飛びペナルティの分配なんて、代々の取り決めが無くて困ってるんです。この点フリー卓ではどうなんでしょう？」

「飛びとペナルティはローカルルールだから、我々の決め事はあくまで参考として聞いて欲しい。チョンボで飛んだ場合、誰かが飛ばした事にせず、我々はペナルティを三等分している。ノー聴で飛んだ場合も同様、聴牌者で等分する。ノー聴場三千の決めと同じで、ノー聴者が場に置いた罰符を聴牌者で均等分配するので支払う順番は考えない。

　但しペナルティが一万点では三等分できないから、我々のルールではペナルティを一万二千にしているよ」

「あっ、凄い明快です。スッキリしました。分かりやすく教えていただいて有難うございました」

　実は、結城は一つめの質問の答えを知っていた。

　しかし最上級生の分藤と甲斐が譲らぬ紛糾を、自分の見解で捌《さば》いてしまう事が鬱陶しく迎賓館のフリー卓ルールに従おうと提案したのだった。

　二つめの質問の回答は新鮮に感じた。自分達には盲点だったペナルティの等分は理に叶っているし、ペナルティの額を二と三の公倍数にしたのも洒落ている。

　それより、質問に応じてくれたフリー卓メンバーの気安さが有難かったのと、とりわけ阿南の説明の的確さに敬意を覚えた。ずっと年若の自分が言うのは変だが、三人とも枯れ味が程良いメンバーだと思う。結城は、この大人達が打つ麻雀がどんなものか、叶うなら参加して確かめてみたい衝動に改めて駆られた。

22

釘宮は異変を感じていた。

生徒の名前が覚えられないのだ。高校教師はだいたい一学期で、自ら担任する学年の生徒全員の顔と名前を記憶する。これは教師の習性のようなもので、特段の訓練を要せず自然にそうなる。今までずっとそうだったし、寧ろ釘宮は同僚の誰よりも早く生徒を覚えた。昨年受け持った二年生は最初の一カ月で全員を記憶し、今でも姿を見ればちゃんとフルネームが浮かぶ。しかし何故か今年の一年生に限っては、自分が担任するクラスの生徒以外、なかなか覚え切れないでいた。正確には、覚えられないのではない。一度覚えた記憶は朧気《おぼろげ》ながらある。その記憶を取り出す事ができないのだ。名前を付けた新しいファイルを、何処に保存したか思い出せないのに似ている。

これは一時的な現象だろうか？　それとも何か体の障害、或いは予兆なのか？　まさか三十九歳で若呆けはあるまい。釘宮には記憶に関する特異な習慣があるだけに、他者に違和感を説明し難く、気になってはいたが特段の措置を講じなかった。

しかし四月の或る朝、愕然《がくぜん》とする事態が起こる。

授業に向かうべく職員室を出てピロティを歩いていた時だった。中庭の緑に残った朝の雨の雫が、太陽光を反射して輝いていた。その輝きを何気なく見て一瞬立ち止まった瞬間、自分がこれから何処へ、何をしに向かっているのか、全く分からなくなったのである。

懸命に思い出そうとするのだが、もどかしい焦りを感じるだけで、どの方角に歩くべきなのかも分からない。

その時、渡り廊下の先に薄い霞が見えた。

郷里新潟の山あいで、春の宵にたなびく夕霞のようだ。足許からゆっくりと立ち上がるその霞を眺める内、フワフワと体が持ち上がるような気分になった。しかしあの霞に触れてしまうと、何故か思考停止が静かに訪れるような予感がある。それは極めて怖い。

この直後、後輩から「釘宮先生、どうされました?」と呼びかけられて我に返った。快眠から覚めた時のような、憑き物が落ちたような感覚があり、同時に今から何年何組で授業を行うか、すぐさま思い出した。一瞬の間に霞は消えている。

釘宮はこの出来事に怯えた。

自分の身に起きた事が見当識の一時喪失であるなら、それは脳の病気の警鐘ではないか? 或いは既に、何らかの異常が脳内に発生しているのかもしれない。しかしその一方、すぐさま病気を疑うのは過剰反応だとも思う。一瞬の白昼夢が果たして深刻な病気なのかどうか。

その後例年より時間は掛かったものの、今では一年生全員の顔と名前が一致した。現在は新しい情報を覚えるのに苦労する事もなく、職場と家庭の両方で今まで通り支障無く暮らせている。

この時、ふと思った。

雀荘ではどうだろう。いつも通り膨大な記憶を処理して麻雀が打てるのだろうか？

23

メッシーナは一応株式会社だが、実質は商法規定の最低数役員しかいない同族会社で、それも身内で固めている為、毎年総会は形式的に終了する。但し今年は新役員就任の承認事項があり、副社長の弟が型通り紹介された。

その新常務は、総会に先立って笠置の許へ挨拶に来た。

「笠置さん、覚えておられませんか。もう三十年以上前になりますが、私はメッシーナで夏にアルバイトしてるんですよ。姉に頼んで、弟である事を伏せてもらったので御記憶に無いでしょうが、あの時厨房の中の動き方やホールでのオーダーの取り方まで、一つ一つ笠置さんに教わりました」

三十数年前のメッシーナはまだフランチャイズビジネスを開始していない一軒のスパゲティ専門レストランで、社長と副社長、笠置を除く従業員は全て学生アルバイトだった。

「笠置さんは当時すごく怖かったです。少しでも良い店にしたい気合がバイトにもビリビリ伝わる、緊張感に溢れた職場でした。後になって考えたら、ちょうどあの頃フランチャイズが構想され、準備が始まっていたわけで、業務の両立は大変だったでしょうね」

当時厨房のサブだった笠置は、学生の一々まで記憶していない。

しかし正社員第一号になった時、今後はバイトとは違う次元で店の未来を考え続けようと決めた事を想い出した。

常務は笠置に対して丁寧な物言いを続ける。

「今回御縁あってメッシーナにお世話になる事になりましたが、私は大学卒業以来ずっと税務署勤務で、公務員の経験しかありません。競争を生き抜くのに必死な民間企業の現場を知らないのです。ましてや、意識を一つにして目標達成に向かう全体行動なんて経験が無いわけですからその辺をバイトの時と同様、どうか御教示下さい。そうでないと、上場なんて大望のお手伝いは叶いません」

笠置はアッと思った。

一年程前に社長がポツンと口にした上場は本気だったのだ。あの時、現場の問題を複数同時に抱えていた笠置は、社長の一言を本気に受け取る余裕が無かった。

上場は起業家の夢の一区切りである。昔は遠い夢だったが、上場基準の緩和とメッシーナの成長により、今では実現可能な域に近づいている。社長が人生の総決算として上場を夢見る事はありえたし、義弟を迎えたのはその準備の第一段階だったに違いない。

上場して市場から資金調達できれば、笠置が主管する新業態への投資課題も解決できる。現場業務に追われていたとは云え、会社の未来図に無頓着だった自分の迂闊が悔やまれた。本来なら現場を統括する自分こそが、先頭に立って推進すべき一大事業なのだ。

その一方で、笠置は反発を覚えた。

自分はメッシーナの営業担当取締役、経営者の一人である。かねて最善の番頭たらんと努めてきたし、その事は社長が一番理解してくれているものと思っていた。

にも拘《かかわ》らず上場という重要事を、自分への相談を後回しにして準備を始めたのは何故か。社長と副社長は、今後経営の中枢から自分を除きたいのだろうか。ひょっとして創業者利益を手にした後、会社売却も考えていないか？　様々な可能性が脳裏をよぎった。

総会終了後、社長と二人だけの時間ができた。

「常務の入社は上場を見据えての準備だったんですね」

「一つの可能性としてチャレンジしてみたいが、本当に事が成るかどうかはこれからだ。

それよりな、俊孝。麺茹で機の目途も立ったし、来春から新業態のフランチャイズを本格的に推進したい。店舗の名称から外装まで、既存店とは全く変えた新ラインにしようと思う。ＶＡＮに対するＫＥＮＴみたいなもんだ。

今後直営の新規開店は全て新業態にする。モデル店舗を至急一店作るぞ。フランチャイジー募集から契約、用地選定と建築、食材流通まで仕事は多いが、一切を任せるので、お前は十月から新業態だけに専念してくれ」

なるほど、と笠置は思った。メッシーナは執行役員制度を採っていないが、自分は新事業の執行にだけ精を出せと。それはそれで良いだろう。社長が求める職分に、最善を尽くせば良いのだ。

しかし笠置は、自分が費やしてきた長い時間が急速に色褪せるように感じた。同じ夢を追ってきたつもりが、いつの間にか歩いた道の方角がズレていたと知らされたに近い。

そうした思いの全てを笠置は一瞬で呑み込んだ。

大いなる精神は静かに忍耐すると聞く。

丹田に力を込め、莞爾《かんじ》とした笑みを浮かべて社長に告げる。

「分かりました。見事やり遂げてみせましょう」

でも社長、VANもKENTも潰れたんですよ、とは言わなかった。

24

阿南と仙波は、某国首都のホテルで待機を強いられていた。

キンタンスィン支援グループから朝夕二度連絡メモが届くが、すぐ出掛けられる状態で迎えを待て、の指示は毎回変わらない。

入国して既に八日が過ぎていた。日中は交代でプールに出掛けて泳ぐ以外する事が無い。偶々《たまたま》共産圏の見本市らしいコンベンションが開催されていてプールサイドにはロシア系の男達が溢れていた。彼等は娯楽室のスヌーカー台を占拠し、その周囲に群れて昼間からウォッカを呑み続ける。関わり合いを避け、結局阿南と仙波は部屋で無為に過ごすしかなかった。テレビはクリケットを延々放送するが、二人ともルールを知らない。

阿南達は毎晩寝る前に、日本の支援グループから受けたオリエンテーションを思い出す。

「阿南さん、必ず守るルール五つあります。
一、貴方達の身分は日本のバイヤーです。イミグレの際、同行者が止められても貴方達はそのまま通り過ぎる事。出国の時も同じです。万一貴方達が拘束された場合は、タイの百貨店の日本人バイヤーの名を出して、それ以外一切余計な事言わない。とにかくずっと黙ってて。
二、入国したらホテルで待機して下さい。我々のアテンド無しに出歩いちゃダメ。用件が済んだら、できるだけ早く出国する事。
三、滞在期間中、どんな時もキンタンスィンの名前を出してはいけません。キンタンスィンを指すコードネームを、二人とも三つ用意して下さい。同じ物、続けて使ってはいけません。相手の物も絶対使わない。暗号は使用頻度から割り出されます。
電話もＦＡＸもメールも、監視されてると疑って下さい。我が国では留学生が帰国後、政権に勤労奉仕しなきゃダメ。お礼奉公ね。ホテルの交換手に多いです。当然コピー、タイプ頼むのもダメ。部屋で、紙に書いた何かを放置してはダメ、捨てるのもダメ。
四、ラフ原稿は既に我々が届けてます。キンタンスィンとの会見には手ぶらで行って手ぶらで帰る事。持ち込んで良いのはカメラ一台だけ。
五、髪が短くてすごく色が黒く、白の長袖シャツに黒いズボンを穿いて痩せた人は軍人と思って下さい。街の中で、いろんな事チェックしてます」

阿南と仙波はキンタンスィンの暗号を三つずつ定めた。

阿南はゴゾンジ・ダイボウケン・ケルナを選び、仙波はドーント・イッテミヨウ・ナカハラとした。

「阿南ちゃんのは順番が分かりやすいけど、出典に品が無《ね》ぇな」

「馬鹿言え。つボイノリオなんて、この国じゃ誰も知らないから都合が良いんだ。仙ちゃんの二つは分かるが、ナカハラって何だよ？」

「中原理恵。俺タイプなの」


食事は昼にカレー、夜は中華を繰り返した。料理はタイよりずっとマイルドで、揚げたジャガ芋の入ったカレーが有楽町慶楽《けいらく》に似て抜群に美味い。しかし八日連続カレーの昼食は流石に辛く、二人は帰国して真っ先に何を食うかを話し合う。阿南がとろろ汁、仙波が稲荷寿司を挙げた。

カレーに飽き、冗談も底をついた九日目の早朝、ドア越しにメモが入った。

8Ｗ　11Ｎａｋａｈａｒａとあって仙波がニヤッと笑う。九日目で仙波コードが利用された為、阿南の九万円負け。暗号は八時待機十一時会見の意味だった。

迎えの車二台に阿南と仙波は分かれて乗り、阿南の車は市内を三十分回った後、一軒のビルに到着する。籠脱けの要領でビル裏口に出ると、先着していた仙波が待機していて、今度は一緒に出発する。さらにもう一度地下駐車場で車を変え、その後一時間もあちこち走ってキンタンスィンの邸宅近くに着いた。

ここから車を捨てて約二キロ歩かねばならない。キンタンスィンへの監視状態は昔よりずっと緩和されたそうだが、それでも尾行に対してこうまで神経質になる点が、この国の現実なのだろう。

炎天下の二キロは随分と堪《こた》えた。川沿いに歩く為か、高温に加えて湿度が凄い。

キンタンスィンの邸宅は広大な屋敷が並ぶ通りのちょうど中央にあった。後で知った事だが、軍幹部と高級官僚と大商人だけが住む屋敷町で、どの館も巨大である。しかも表通りに並行して流れる川に自家用ピアを設け、大小の船を係留している点まで共通していた。万一の場合、屋敷の庭から船で直接公海に出るのだ。

遠目で眺めると、どの屋敷も見事に庭園を整備している中、キンタンスィンの屋敷だけ荒れ放題なのが目立った。

三十分も歩いて到着すると、キンタンスィン家の門前にだけ人が多い。十数人が道路の反対側の地べたに、何をするでもなく座っている。

「阿南ちゃんさ。短髪色黒、白の長袖シャツに黒ズボンで痩せてるのは軍人と聞いたよな。屯している十七人、全員そうじゃねぇかよ。こいつら、ガードしてる支援派じゃなくて監視側って事かい？」

「知るかよ。仮に軍人だったからって、いきなり俺達が誰何《すいか》されて囲まれる事は無いだろ」

道路の向こうから十七人の強い視線を浴びつつ、門扉の前で身分照会が行われ、次いで厳重な身体検査を受ける。門のすぐ内側には何層も複雑なバリケードが組まれていた。

敷地内に入ると、バナナやパンパスグラスといった背丈を超える植物が覆いかぶさって空が見えない。雨林のトンネルに似た小径には直線路が無く、広大な庭をジグザグに歩かされる。敷地最奥の石造りの洋館に入るまで、三度の身分確認と身体検査を受けた。

玄関を守るのが近衛兵なのか、皆が巨漢で太い両腕にフォークロア調のタトゥがある。しかも全員、腰ベルトにはハンディトーキーと長大なククリナイフを差していた。

一段と厳しい最終ボディチェックが終わると側近らしい老人が迎えに出て来て、やっと玄関内に招じ入れられた。

阿南も仙波も玄関で靴を脱ぎ、スベスベの石の廊下を歩く。スリッパは無く、二人は新しい靴下を履いてきて良かったと顔を見合わせた。

老人に案内された一階の応接室は実に広く、床も壁も天井も石造りでヒンヤリ涼しい。

正面の壁には三メートル四方もの巨大な絵画が掛けられており、建国の英雄であるキンタンスィン将軍の肖像画だった。これが渥美清《あつみきよし》に酷似しており、阿南は内心「相変わらず馬鹿かぁ」と呼びかけられたような錯覚があった。絵の他には室内中央に古びたラタンの応接セットがあるだけで、他に装飾は一切無い。阿南と仙波はラタンの長椅子の横に佇立《ちょりつ》してキンタンスィンの登場を待った。

すぐに別の老人がキンタンスィンを先導して現れ、彼女はラフ原稿を携えていた。

キンタンスィンは阿南が想像していたより、ずっと小柄だった。以前より痩せたのか、頬骨がハッキリ出て、その分眼窩の深さが増して眼力《めぢから》が一層強くなったように思える。随分と白髪の増えた長い髪を後ろに結んでノーメイク。民族衣装の長い巻きスカートの上はオレンジのTシャツ。

阿南は、海外からの来客にも着古したTシャツで臨む女史の質素に改めて驚いた。更にこの時、

Tシャツの肩からのぞいた下着の紐がほつれていた事を見逃さない。

老人の紹介で二人は名刺を渡して挨拶し、すぐ本題に入った。老人が現地語に通訳した後、女史が流暢な英語でゆっくりと語り始める。

「日本からわざわざ有意義なプロポーザルをお持ちいただいた事に深く感謝します。提案の準備に、多くの御努力が必要だった事も聞きました。

また、入国されて以来今日まで長くお待たせした事を申し訳なく思います。貴方方が入国される直前、長く闘争を支えてきたリーダーの一人が急逝し、我々は混乱状況にあったのです」

初めて聞く情報に阿南達は愕然とした。亡くなったのは、高齢と聞いていた現実派の領袖に違いない。自分達がホテルで無為に過ごしていた間、最大の企画擁護者を失う急変が起きていたわけだ。現実派と理念派の対立は根が深いと聞いていただけに、この凶報を聞いて阿南達は一気に緊張した。

キンタンスィンは続ける。

「ここ数日間、私達は御提案について何度も協議を重ねた結果、今回はお受けしないとの結論に達しました。我々は既に勝利しています。この勝利は、我々が長年続けて来た闘争の結果、得られたものです。今、外国企業の支援によって最終勝利が得られたと受け取られたくありません。この点を御理解いただきたいのです」

阿南と仙波は脇の老人を見つめたが、彼は顔を上げない。

仙波は食い下がった。

日本在留グループとの折衝経緯を再度述べ、広告表現に施した配慮を説明し、ヴィンクラ伊原社長のメッセージも添えて翻意を求める。しかしキンタンスィンは真摯に聞くものの、同じ回答を繰り返すだけだった。最後の最後はキンタンスィン個人が判断すると聞いていただけに、阿南達はどうしても弱い。


ここで初めて阿南が口を開いた。

「仙ちゃん、その線から説いても無駄だよ。彼等も随分考えた上での結論だろうからさ。但し、最後に言っておきたい事がある。ここは緊褌《きんこん》一番、根性入れて訳してくれ」

「お〜よ。一世一代の口説《くぜつ》でオバハン蕩《とろ》かしてみい。ドーンと行ってみよう」


「キンタンスィンさん、貴方は既に勝利を手に入れたと仰いましたが、失礼乍《なが》ら我々にはそう思えません。我々は日本で数々の注意を受け、今日此処に伺うまで様々な試練を経験しました。誰でも好きな時、会いたい人に自由に会えるのが、貴方の目指す完全な民主化の筈です。ならば今勝ち取られた自由とは、全きものではないでしょう。

さらに貴方は、勝利が誰かの支援に拠ったと思われたくないと仰いましたが、貴方方の希求する勝利とは遥かにあり、いろんな力の結集があって初めて到達できるのではありませんか。

支援者が誰でも良いとは申しませんが、広く力を集めたいなら度量も必要です。しかも我々の提案は政治的に無色であり、将来の見返りも求めていません。また企業留学という制度で若い人のチャンスを拡げる事は、誰にも反対が無い筈です。

怖れずに申し上げるなら、時間を考慮していただきたい。今摑まれつつある勝利を、より早く確実なものにする為の提案と受け止めていただきたいのです。

前途有為な若者たちが生涯で最も大きく成長できる伸び時を、逃したくありません。貴方個人におかれては意に染まぬ形かもしれませんが、我々の提案で貴国の未来を担う若い世代が一日早く真の自由を得るなら、それは価値ある選択ではないでしょうか？」

仙波も熱弁を揮《ふる》って通訳した。特に若い世代の件を訳す際、思わず涙ぐんだのをキンタンスィンは見逃さなかった。


二人が語り終えた後、長い長い沈黙が訪れた。ここで口を開いてはならない。この沈黙の重みと緊張に耐え切れないと、自分達は負ける。阿南も仙波も、プレゼンの堪《こら》え処を知っている。するとキンタンスィンが小さな溜息をついた。一旦奥に戻りたい、待っていて欲しいと告げて老人と中座する。

三十分の予定だった会見は大幅に超過し、既に二時間を過ぎていた。阿南達の次に会見予定だったフランスのテレビクルーが、炎天下の庭で所在なげに待ち続けている。

十分後、キンタンスィンが一人だけで戻った。

「長くお待たせしました。貴方方の主張には揺さぶられるものがありました。反論もあるのですが、お気持はよく理解できます。

なので、私の判断で提案を受ける事に決めました。次の取材を待たせていますから、ここで今すぐ写真を撮っていただけますか？」

その日初めてキンタンスィンが微笑んだ。

ホテルに戻る車中、阿南は肘で仙波を小突く。

「仙ちゃんも役者だねぇ。あの場面で一掬《いっきく》の涙は、俺も予想しなかったぜ」

「いやさ。俺、アジア各国でいろんな子供達を撮ってきたが、やはりこの国は貧しいわけ。タイなんかと比べると、もうハッキリ差がある。

でも逆に子供達の眼はキラキラ輝いていてさ。俺がカメラマンだから過敏なのかもしれないが、実にイイ顔をした子供達が多い。その子らの未来だなんて阿南ちゃんが言うもんだから、ちょっと胸が詰まってなぁ。

でも役者という点じゃ、俺なんかより遥かにナカハラだよ。ファインダーに入った瞬間、神々しいオーラを出すんだもん、魂消《たまげ》たわ。どこの国でも、つくづく女は女優だと思ったね」

25

キンタンスィン肖像を大きく用いた新聞の全面広告は、中央紙と日本中の地方紙に掲載されて反響を呼んだ。

起きた反応はほぼ一つ。国際的に有名な自由の闘士が、名も知らぬ日本の通販化粧品会社の広告に何故出る？　という素朴な疑問である。その驚きが、タレント広告として過去に例の無い爆発力を企業と商品に還元した。上品な図式ではないが、極めて分かりやすいキャンペーンは大成功となった。

特に仙波が撮った写真は、キンタンスィンの憂いを秘めながらも毅然とした表情に強い説得力があり、名作と評された。新聞の後を追ったＣＭも、モノクロ写真と動画を巧みに組み合わせて好評を博し、ヴィンクラの認知度は一気に跳ね上がる。

ワイドショーではキンタンスィン留学制度が報道され、ヴィンクラはただの通販化粧品会社から大いに格を上げた。

阿南の会社も大きな社会的ムーブメントを成し遂げた点が業界内部で注目され、社長は上機嫌だった。繰生局長までが掌を返して快挙だと誉めちぎる。この業界は本当に岩陰部隊長が多い。これは日清戦争で生まれた言葉らしく、自分は常に岩陰に身を置いて部下に突撃を命じ、成功すればノコノコ前に出て俺の手柄だと誇る。全滅すれば一切出て来ない。

阿南が嬉しかったのは、掲載日を境にヴィンクラの成約量が爆発的に伸びた事だった。掲載前日比七十六倍、前年同月比六〇〇パーセントは凄まじい。伊原社長も慰労の席を設けてくれた。

「ウチみたいなポッと出の会社に、これまで洟《はな》も引っ掛けなんだ銀行がコロッと態度を変えてきよる。つくづく浅ましいもんやで。わしら何も変わってへん、薄衣《うすごろも》一枚纏《まと》っただけや。それを、世間の方で観方変えよんね」

「世間の企業イメージって、大方そんなもんですよ。社長はこそばゆいでしょうが、嘘を盛ったわけじゃありません。御社が今回見せた気合が世間から好ましく受け止められたと。そう構えて下さい」

「そやの。わしはな、社員の顔つきがキリッと引き締まったように感じるのが嬉しねん。世間に恥ずかしない自分達でなきゃアカンいう自覚が備わったんやろか。まぁ今回の広告には、あれこれ人を動かす力が多かったちゅうこっちゃ」

「広告屋冥利《みょうり》です」

「約束通りお前んとこに割を戻せて、各代理店に一札書いたろ」

伊原社長は阿南に、新橋の外れでステーキを奢った後、銀座を次々とハシゴし始める。どの店も、阿南が名前だけは聞いた事のある超一流クラブで、伊原社長は常連なのだろう、入店するや係のチィママが即座に席を作らせ、選んだ女性を侍らす。ロイヤルハウスホールドと魔王のニューボトルが用意され、ホステス用にはクリスタルが抜かれる。

伊原社長はどの店でも偉ぶらず、座を湿らせまいとホステスよりも気遣う。それでいて小一時間もせぬ内「河岸変えよか」と次の店に向かう。その都度レンタルと称するホステスの御伴が増えていき、四軒目で一行は九人に膨らんだ。

『ハーメルンの笛吹きかよ』

阿南は、気が狂ったような御大尽遊びに呆れ、何が楽しいのだろうと不思議に思う。

伊原社長は、どの店でもホステス相手に似たような馬鹿噺を延々続けるのだ。

「家に帰りゃ田舎から送ってきたミカンとリンゴがよ〜けある。しかし帰りしな、駅前の果物屋で見事に熟れたマンゴスチン見つけてみい。食いたなるやろ。それ、罪やのうて自然や、誰も責められん。男も女も色恋て、そないなもんや」

「え～、社長の趣味って外来種なのぉ？」

「ハハ、わし洋ピンあかんねん。せやけど向こうが俄《にわ》かに劣情催してきたら、そりゃしゃーない。聖母に逢うては聖母を斬るや」

その内阿南は、伊原社長の眼が意外に醒めている事に気付く。どころか時折座を見渡す表情には冷えた乾きが感じられた。少なくとも雀荘で見せる、あの煌《きら》めいた熱気は無い。

『あぁ、この男、心底は愉しんでいない。無為な夜を磨り潰《す》しているだけだ』

そう観て取った時、阿南は伊原という男に奇妙な親近感を覚えた。

その時、光沢のある黒スーツを着こなした初老の男が席を訪れた。東映の遠藤太津朗《えんどうたつお》に似て不思議な押し出しがある。伊原社長が即座に立ち上がった。

「木下社長、来てはったんですか。存じませんで失礼しました。どうぞ一杯呑んで行って下さい。今日はキンタンスィン口説き落とした慰労会でんね」

「豪気な広告は見たで。御繁盛、結構なこっちゃ。わしら最前から奥で呑んどったんやが、社長に紹介したい方がおられるさけ、ちょっとだけわしの顔立てて挨拶に来てくれんかな」

阿南は最奥のボックスに目をやり、ハッとした。明らかに異質の、黒い精気を醸す男が三人静かに呑んでいた。

これも広告の副作用の一つだろうか。阿南が関わってヴィンクラのビジネスが急加速し、その結果新たなアヤが伊原社長に降りかかるのかもしれない。

広告屋に立ち入る事が許される範疇でないと分かっていたが、穏やかではなかった。

伊原社長が席を立って座が白けた後、阿南は黙って水割りを呑み続ける。

26

連休前、釘宮は最後の授業を終えようとしていた。

同僚の教師が突然長期入院となって担任のシフトが急遽変わり、このクラスは五月から他の教師が担当する。釘宮が教える中では最も出来の悪いクラスだったが、二年間見ていると個性の際立った風変わりな生徒が多く、できれば卒業まで見守りたい愛着があった。教師には、こうした気質が共通してある。自分は学生時代、規範をはみ出さなかったのに、道を外してしまいそうな生徒の方が妙に可愛い。

釘宮は、いつも最後の授業で伝える、歴史との向き合い方を生徒達に語り始めた。

「歴史という学問は、記憶の累積量を増やしていく事ではありません。お金と同じでね、残高が増えるのは嬉しいけど、使わなきゃ単なる数字でつまらん。歴史も覚えて終わりじゃなく、知識を教訓として用いて初めて価値が生まれる。この点はしっかり心に留めておいて下さい。

ところで、つまらん数字と言えば年号です。私が作問するテストで年号を問うた事が一度も無いのは、数字の羅列を覚えたところで糞の役にも立たないからでね。大化の改新くらいは一般教養だが、前九年の役が何年に収束したかなんて本当のところよく分かりません。そのあやふやな情報の記憶を保つために、君達の脳の容量を使うのは馬鹿げてます。

ちょっと前、足高《たしだか》の制について詳しく教えました。享保の改革を代表する足高の制は、どの教科書にも人材登用を目的とした制度と書いているが、それだけじゃありません。足高を、財政圧縮の観点で捉えると面白いんですよ。

先生は有能じゃないけど、今年度全校の消防隊長を仰せつかっています。人より焼け死ぬ可能性が高いのは可哀想だと、校長が毎月千円手当を付けてくれました。しかし来年任務を離れたら、このプラス千円は無くなる。

今なら当たり前ですが、足高以前の武家社会では一旦昇給すると基本給がアップしたと受け取る通念が一般的だったのです。これだと、登用した者への手当増で財政が圧迫され、いずれ金詰まりになる。だから減らすよと。つまり役職手当は就任期間だけよ、未来永劫じゃないんだぞと宣言しておく必要があったわけで、それが足高のもう一つの狙いです。

ここで一つ、覚えておいて欲しい。歴史において『物は言い様』って事です。歴史上の施策には必ず目的があり、しかしそれが露骨に伝わる事を嫌う場合、為政者は巧みに美辞麗句でくるみます。

後で減らすのに、足高ってプラス面を強調する厚かましさなんて、実は可愛気のある方でね。国民を一つ方向に導こうとする底意がある場合のスローガンは相当胡散《うさん》臭い。この典型が軍国主義で、「五族協和」なんて、言う方は良くても言われる方は辛抱たまらん。

『協和を謳うなら、そもそも人の国に出張って来るなよ』って反発を予測するのが普通だろうに、それを斟酌しないくらい、人は恥知らずになってしまうもんなんです。これはどこの国、どこの組織でも繰り返されてきた歴史上の事実だ。

結局皆さんに伝えておきたいのは、個々人の判断能力を磨けという事。誰かが、これは善い事だと殊更力んで主張する時は、結構怪しい場合が多いからね。その発言の真意を、一旦冷静になって考えてみる事を自分のフォームにして下さい。

今は先生の言っている事が分からなくても、何時か分かってくれる時が必ず来ます」

最後の一言を語り終えようとしたその時、教室後方の扉と窓からスーッと薄く白い霞が入り込んで来るのが見えた。

釘宮の全身が硬直する。

霞が教壇に届くと自分は意識を失ってしまう確実な予感がして、その恐怖に身が竦《すく》んだ。

金縛りにあったように身動きできず、声も出せない。

次の瞬間、釘宮は拍手の音で我に返った。拍手は最初まばらで、段々大きくなっていく。それが、最後の授業に生徒が応えてくれたものだと分かるのに、釘宮は一拍の間を要した。

やはり自分は意識を失っていたのだ。

白い霞は消えている。

出来悪の生徒達からの望外の拍手に、釘宮は胸を打たれた。教師冥利とはこうしたものかと、多少テレながらも感じた。

しかし再び起きた見当識喪失の恐怖は強い。

自分の体には、やはり異変が起きているのかもしれない。

27

「女の晩年は干支の五回り目からすぐに始まる」と、出家した女芸人が語るのを聞いた時、敏江はたかがサンプルワンで何という妄言を吐くのだろう、と癇《かん》に障《さわ》った。

しかしその後、自分の心身に関する諸々が一気に変化し、女芸人への態度を少し改める。それ以前も敏江は、段々嗜好が変わって食事に野菜と魚が増え、逆に酒は一段と弱くなったのを自覚していた。眠りがひどく浅くなり、その所為《せい》だろうか、昔はなかった居眠りがつい出てしまう。白髪が急に増え、歩くと疲れやすく、体の匂いも確実に変わった。

こうした体の変化もさる事ながら、心配や悩み事の質が一段と険しくなったのが大きい。様々に必要な備え、独りの老後、その先の漠然とした不安。

考えねばならない項目がハッキリ変わり、しかも格段に重くなったと実感していた。

敏江は、老化の閾値《いきち》が四十八歳から五十歳の間のどこかに存在していると思う。閾値とはクリティカルマス、傾向が一気に跳ね上がる屈曲点の事だ。

紅茶に砂糖をスプーン一杯入れる。甘くない。

二杯入れる。甘味は感じるが足りない。

三杯入れる。甘ったるくて飲めない。

この場合、二杯目と三杯目の間に閾値が存在する。但し、老いの閾値は更に複雑厄介で、自覚した時点から加速が始まる。


こうした状況下、二週連続して事件は起きた。

まず最初の金曜日。

夜中に、昔使っていた水槽用酸素モーターのコンセントから突然火花が噴き出したのだ。今は水槽に水は無く、モーターのスイッチも入れていなかったが、差し込んだプラグとコンセントとの間に溜まったホコリに引火して起こるトラッキング現象だった。バチバチと音を立てる火花に敏江が身を竦ませた時、笠置が「ブレーカー何処だっ?」と立ち上がったのを見て我に返った。

笠置は真っ先にブレーカーを落とし、次に手にタオルを巻いてプラグを引き抜く。

「敏江さん、朝一番で電力会社に連絡して、電気工事会社に来てもらって」

打ち掛けの麻雀は、その時点で急遽お開きになった。

念のため、笠置一人が電気工事終了まで店に残る。

偶々B卓が稼働中で、笠置の機敏な対処もあって大事に至らなかったのは幸いだったが、もし閉店後だったら出火の可能性もあったわけで、この出来事に敏江はひどく怯えた。

翌週は、隣のマンションから飛び降りがあった。

女二人で棲む内の一方が、隣の四階ベランダから飛び降りて迎賓館のビルとの間に挟まり、救急車を呼ぶ騒ぎとなった。

この時は志堂寺の独り舞台だった。

明け方、ドシンと大きな音がして窓ガラスが揺れた瞬間「飛び降りじゃないかな」と志堂寺は、もうその時点で呟いていた。

麻雀を中断して全員で見に行くと、隣のビルとの隙間の暗がりで人が呻《うめ》いている。

志堂寺は携帯からまず救急車を呼び、次いで110番した。この順序が大切らしい。

「敏江さんはすぐ店を閉めて下さい。今日は解散、皆すぐに帰って。私が散歩の途中に見つけて通報した、良いね」

飛び降りたのは水色ネグリジェ姿の老女で、同棲相手と縺《もつ》れたらしく、敏江と同年配に見える短髪男装の女が、泣きはらしたままオロオロと動顚していた。

後日伝わったが、女二人どちらもしたたか酔った挙句の痴話喧嘩が原因だったらしい。ただ、道路側に飛べば確実に死んでいたので、寸前にためらったか、或いは成り行き上の狂言だったかもしれないと警察は判断したそうだ。

しかしネグリジェ老女の苦悶と、担架に取り縋《すが》って泣く中年女が着ていたシルクシャンタンのスーツが、ライトの点滅で怪しい光沢を反射していた風景は、その後も敏江に長く残った。

このまま迎賓館を続けた先々に、何度もまた現れて来そうに思えて仕方なかったのだ。

28

敏江が姫鱈《ひめたら》の干物を焼くのは、笠置を迎賓館閉店後のアフターに誘うサインだった。

笠置は、特有の香ばしい匂いが立ち始めると日本酒に変える。それが応諾の返事である。

迎賓館を閉めてから呑み始めるわけで、時刻は午前五時過ぎ。店は北品川の沖縄居酒屋しか開いていない。二人の住まいの中間にあって朝までずっと営業しているのと、出過ぎない店主の距離感が気に入っていた。

月に一度のアフターはもう六年も続いている。しかし二人の間に男女の関係は無い。

敏江は当年五十一歳。この十二年間、亡夫相葉干城が過去になった事は一日も無かった。ただ、それは理由でない。手を伸ばして摑んで不思議でない物を、そうしない選択肢もあって良いとしていた。それは、テレでも怯えでも物臭《ものぐさ》でも先送りでもなく、強いて言うなら互いの慎みに近い。

二人はいつも店の隅でポットから自分で湯を注ぎ、各々好みの割合の古酒《クース》のお湯割りを呑みながら、とりとめのない会話を交わす。

「来年三月末がお店の賃貸契約更改なんですが、実はこれを機会に店を閉める事も考え始めたんです」

切り出した敏江に、一拍の間をおいて笠置は尋ねた。

「お嬢さん、来年は大学二年だっけ？」

聞いて敏江はホッとした。やはり笠置には多くを語らずとも、閉店を考え始めた主たる理由が分かってもらえていた。

「今時は、親の稼業が雀荘経営だからって就職が不利になる事は無いんだがね。でもそれは、あくまで建前って会社も実は多いしなぁ。就活、或いは入社後の会社生活で、ほんの僅かでもお嬢さんに引け目を感じさせたくない親心は分かる。

御主人が亡くなった後、迎賓館を切り盛りしてお嬢さんを大学まで通わせ、親の務めは立派に果たしたわけだ。一人分なら何とか食べていけるだろうし、いつ閉めたって良いさ」

笠置の反応は予測通りだったし、敏江はこの言葉が聞きたかったのだと思う。


夫が亡くなったのは十二年前、昔はポックリ病と呼ばれたブルガダ症候群による心不全だった。朝起きて来ないと思ったら寝床で既に事切れていた。あまりに急な出来事で敏江は途方に暮れたが、一人娘が小学校に入ったばかりで収入を失えず、取り敢えず日銭が入る店を継承した。以来、代替案を思い立たぬまま十二年が過ぎてしまっていたのである。

「これは要らぬ世話だろうけど、閉店後はどうするの？　嫌でなきゃウチのフランチャイズのオーナーに紹介もできるよ。飲食の管理系には、きちんとした人の需要が常にあるから」

「有難うございます。ゆっくり考えてから決めますよ。でも、反対じゃなくて良かった」

「反対もなんも、あなたのお店の進退だもの。最近は他にもいろいろ起きたからなぁ。

ただ、閉店を一番淋しがるのは志堂寺さんだろうね。彼は身寄りが無いから、プライベートで世の中との接点は迎賓館以外に少ない。迎賓館が閉まったからと言って、そこらの公民館でひねもす爺さん達と交わっている図は想像し難いもん。人当たりは柔らかいけど、あれで根っこは峻厳だしなあ」

「そう言われると、私の都合で志堂寺さんの世界が一つ閉じるみたいで申し訳ないです」

「そんな事は考えなくていい。ハウスの方が続けたくても、ゲストはいずれ誰も居なくなる。博打場はいつか必ず閉まるもんだ。小博打が打てなくなる理由は客の側にゴマンとあるからね。昔から『潰れ屋移《やうつ》り病《やまい》改心』と言ってさ」

「改心って、今更悔い改めるんですか？」

「アハハ、それは無い。改心とは、偉くなって立場上小博打も憚《はばか》るようになったり、勝負事への向こうっ気が失せて自主的に足を洗う類だよ。まぁこれは一種のハッピーリタイアメントだが、中には御用を食らったり強制的に改心させられた例も多い。高レートでハッピーな引退って、まず聞いた事が無いのよ」

笠置はお湯割りを呑みながら続ける。

「志堂寺さんはね、俺や阿南ちゃんみたいに麻雀に対して薄い狂気を抱えながら、何とか市民を保って向こう側に落ちない半端者が好きなんだ。彼自身がそうだもの」

「薄い狂気、ですか？」

「うん。麻雀って中毒性があるし、その症状は人によって様々だけど、深く打ち込む奴はたいてい何かしら損なわれてる。お金やら健康やら人付き合いやら、或いは貴重な時間。

だけど、そうした毒性を承知で自己管理すると、健康な中毒患者が仕上がるのよ。俺達がまぁまぁそうで、そんな頃合いの麻雀打ちが集まる店ってなかなか無くてね」

「雀荘が無くなると、そこでのお付き合いは消えてしまうの？　他所でまた一緒に続けようとはしないものなんですか？」

「普通は途絶える。雀荘って人の擬装が透けて、その下の本身が見えやすいのな。でもって、場所を変えてまで付き合いたい相手に出くわすケースはほとんど無い。迎賓館は、その極めて稀な例だよ。自分と似たような歪みを抱えた面子で、しかも手が揃った場なんて他に知らんもの。だからって閉店後は別の店に集まりましょう、なんて誰も言い出さないさ」

「え～、そうなんですか。得難いって割には淡白なんですね」

「雀荘の縁って、そんなもんだよ」

「でも、これまで見ていて、志堂寺さんと笠置さん、阿南さん、それに釘宮さんが入った場だけは、いっぺんに空気が変わるような気がしていました。それは四人のレベルが高い他に、麻雀と折り合う生き方が共通してたと云う事ですか？」

「えへへ、そこまで大仰な話じゃないけどさ。大仰だよおっかさん」

29

五月連休明けから迎賓館はカレーを素麵に変え、金曜に限らず提供を始める。

卓上で食べやすいよう素麺を韓国冷麺用金属ボウルに入れ、つゆを上から掛けた冷掛けで出す。薬味は生姜、葱、胡麻、紫蘇、茗荷《みょうが》と多種用意していたが、後に客の好みで胡瓜、梅干し、干し椎茸、油揚げまで加わった。一人前に素麺一把《いちわ》半を使い三百円。大盛りは二把半で四百円。一晩に二十杯以上、金曜は三十杯を超える。

カレーよりも手間が掛からず原価も安い。敏江は麵くらい上等にしようと揖保乃糸《いぼのいと》黒帯を大量に仕入れていた。

今日はセット卓の予約が早々に埋まり、フリー卓も久しぶりに二卓立ちそうなので麵と薬味を多めに準備する。

フリー卓の八人目は結城だった。結城からフリー卓に参加したいとの電話が前もってあり、志堂寺に相談した上で「歓迎します」と応えていた。

この時、結城から質問されていたレートも志堂寺了解の上で伝えている。

「A卓はサザンが九みたいです」
「いえ、知りたいのはB卓の方です」
「B卓は一円のヒラですよ」
「えっ、ダブピンですか？　しかもウマ無しで赤も無しと。ふ〜ん、徹底した素点重視ですね。分かるような気がします」

結城は一番に現れた。

カウンターで五万円を両替する際、少し含羞《はにか》みながら参加を認めてくれた礼を述べる。

いつも通り六時過ぎに志堂寺が現れた。

「おっ、結城君。御精勤だね」

「今回は面子に加えていただいて有難うございました」

「爺さん連中の間に、若い風が吹き通るのは良い事ですよ。将棋の米長先生も、孫みたいな連中の研究会に混じって自らを鍛え直したからね。私らが得る物の方が大きいだろう」

「御迷惑にならないよう、きちんと打ちます」

「迷惑なんて無いよ。卓に着いたら長幼も、外の貫目も一切関係ありません。ここのお客は皆さん居着いて長いし、練れてますよ。伸び伸びやって下さい」

敏江は、新参を迎える志堂寺の気遣いを好ましく眺めていた。

同時に敏江は、やはり結城の不均衡が気になっていた。今打っている麻雀に飽き足らず、一層厳しい勝負を求める背景には何があるのか？　結城は学生達と袂《たもと》を分かったのだろうか、それとも追われたのか？　蔵前倶楽部では無敗と聞こえる結城が、老獪なB卓でどう立ち向かうのだろう？

小ざっぱりした服装と端正な顔立ち、はにかんだ礼儀正しい応接とは裏腹に、結城もまた麻雀に深入りした男達に共通する業のようなものを、既に抱えているように敏江には見えた。

初めて結城を迎えた面子は、志堂寺と笠置に阿南だった。

結城は、最初に聴牌した手がどんな形であれ即リーチと決めていた。形に囚われずに攻めるイメージを、常連達に植え付けておきたい。

しかし五巡目、先行リーチを掛けてきたのは志堂寺だった。

「ニューカマーへの名刺代わりに、ありやなしやの都鳥《みやこどり》リーチ」

笠置が応じる。

「都鳥一家？　欺《だま》し討ちですか」

結城はB卓上で最初に聞いた、この会話の意味が全く分からなかった。

この人達はいったい何を話しているのだろう。

気になった言葉を後日調べ、志堂寺の言は在原業平《ありわらのなりひら》が詠んだ和歌の地口、その都鳥の部分を捉えた笠置の言は、浪曲『清水次郎長伝』に引っかけたものと知る。

結城が雀荘で初めて経験する類の応酬だが、一段と厳しい面子がのんびりした会話を交わしているギャップが、意外でもあった。

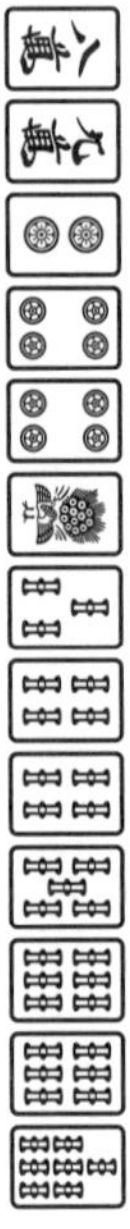

志堂寺のリーチを受けた時点で、結城の手は取るに足らぬものだったが、結城は全くオリるつもりがなく無筋の二万や九索を引き放《ぽ》りする。こっちだって名詞代わりだ。三索の薄壁で一索を通し、六索がワンチャンスになって打七索。次に四索を打ったら当ってしまった。

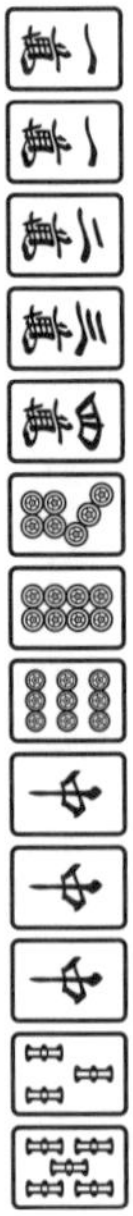

志堂寺の牌姿が意外である。手の内中が立ったこの手は闇聴が利く上、後の変化も多い。二索や六索が薄く両面に変化し難いと読んだのかもしれないが、それでもリーチまではない。最初の一局をリーチと決めていた結城ですら、普段ならダマに構える恰好だ。ドラも無いこの手は躱し手であり、なのに子方の志堂寺がリーチした意図は何だろう？

この時結城に一つの仮説が浮かんだ。志堂寺も、形の如何に拘わらず聴即リーチを決めていたのではないか？　しかも、自分の場合は投手が第一投をバックネットにぶつけるようなものだが、志堂寺は新参が気負って押す牌が拾えると計算した可能性がある。そう考えると、笠置も阿南も最初からガッタリ下りて、全く行く気配を見せなかった事が頷ける。今局を志堂寺と自分の棒聴《ぼうテン》勝負と観て、早々手仕舞したのかもしれない。

もし推測通りなら、全員機敏で老獪で、食えないオッサン達だ。その面子に混じって、今までの十倍のレートで打っている重みを結城は改めて認識した。

半荘一回目が終わり、ラスを引かされた結城が抜け番となって釘宮が入った。おそらくこの四人が迎賓館の最強面子だ。結城は観戦の了承を得た後、阿南と釘宮の手牌が両方見える席に座る。

阿南は受けが強いと結城は思う。自分の手が定まらぬ段階で、他者を進行させる牌をまず打たない。字牌も初牌も、自分が先行している事を確信しない限り、先陣切って捨てる事が無い。受けを前提として手を組み、打たないと決めた牌は留めて、面子のタネを躊躇なく落とし始める。結果、阿南の牌姿は削ぎ落したような形が多く、手牌の進行は遅くなるが、この手損に阿南は頓着していないようだ。

逆に、手牌に贅肉が無い事は早い攻めを喰らった時、無類の強さを発揮する。序盤から受けに徹した分、安牌に窮する事が無く、他者の攻めを悠々凌ぎ切るのだ。

俗に謂う懐の深い麻雀であり、これが受け潰しってヤツかと結城は新鮮だった。それでいて、余剰牌を押し出すまでに自摸が利き始めると、阿南は一転して果敢になる。上昇気配を疑わず、手牌をブクブクに構えて、もう何でもボンボン行く。

嵩にかかって攻める時の激しさは結城にも同質のものがあるので、これは共鳴できる。

しかし打ち筋が似ていても、攻防のオンオフが自分より鮮やかな阿南の方が数段格上に感じてしまった。

一方釘宮の打ち筋は、結城には奇妙としか言いようが無い。何を考えているのか、一見脈絡の無いポツンと浮いた孤立牌を可愛がる。場合によっては平気で両面《リャンメン》を嫌い、向聴を落としてまで孤立牌を残す。観ていると、残す牌とそうでない牌があるのだが、結城にはその判別基準が分からなかった。

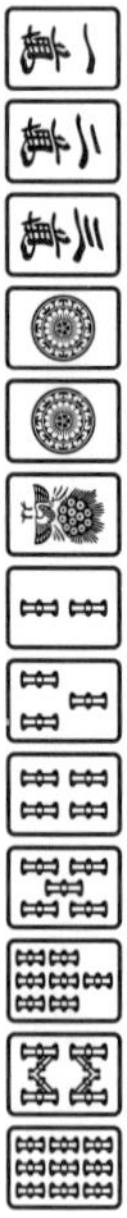

この手に一筒を自摸って打五索。六索が無いと見切ったのだろうが、一瞬の迷いも無く通貫《つうかん》を捨てた事に結城は驚く。次に九筒を引き、四索を切って九筒単騎。

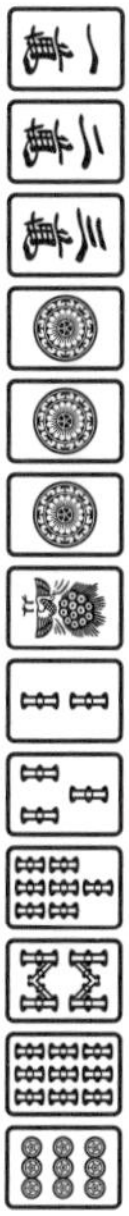

次巡八筒を自摸ったが、これは何故か躊躇せずに引き放り。
さらに三筒を自摸って高目純全帯《ジュンチャンタ》三色に変わる。

ところが結城から観ると、この高目はカラだった。場に一枚切れで、残りは阿南が暗刻。出る形ではない。ここで二枚切れの九索を引いて、何と三筒切り。三色が消えた上、高目の九索は既に二枚切れて無い。
そもそも六索が無いと見た故の変化だったろうに、これでは最初の通貫平和形に劣るではないか。意図を理解できないでいると、七索引き一筒切りで最終形。

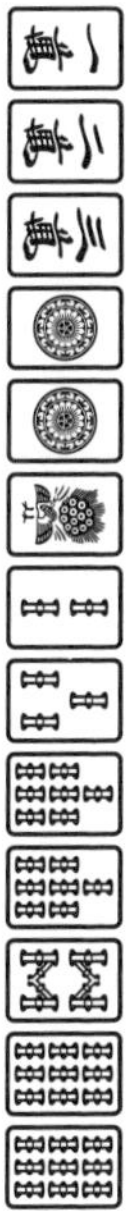

これを引き和了ったのである。結城は呆れた。一瞬ガン牌を疑ったくらいだ。
しかし釘宮は、牌山や他人の手を凝視していない。ただ虚空を見つめている。
ああ、この人は山の牌を読んでいるのだと知って慄然とした。天才ではあるまいか。

30

釘宮は安堵していた。自分のシステムは正常に作動している。

寧ろ、膨大な記憶を整理しながらまとめるチャンク化が一層精密に行えているように感じ、日頃よりずっと冴えた感覚があった。

釘宮一人が僅かに浮いた僅差のラス前六巡目、棒聴で平和通貫を張った。

しかし、この局は縦目の傾向が強い。萬筒索とも波形の谷間が深く、こうした場合は牌が縦に分断されて順子が出来難いのだ。自然、対子場の様相を帯びる。

索子の波形は自手と場を合わせ二、四、五、九索が各三枚、七索と八索が二枚見えているのに六索が初牌で、三索も残り三枚が丸々見えない。こうした場合三六索は縦に持たれている可能性が高く、この両面に固執すると和了はまず無いと釘宮は思った。

一筒を自摸って五索を打つ。二五索の延べ単は残り二枚だが、一四索は残り四枚。純全帯三色への渡りも残る。

次に九筒を引いて四索を切り、九筒単騎の純全帯が確定した。

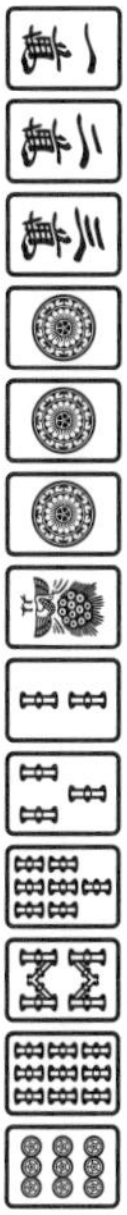

筒子は場に安く、四筒と六筒と八筒が三枚切れ、九筒は二枚切れ。現状、地獄単騎である。

次巡四牌目の八筒を自摸ったが、これは引き放り。もし自摸七筒だったなら残り一枚の八筒を取りに行ったろうが、初牌七筒の辺張に釘宮は気が無い。

六筒と八筒がそれぞれ場に三枚切れていながら七筒が初牌なのは、固め持ちされている確率が高いからだ。

釘宮は、初牌よりも三枚切れ残り一牌の方を信じる。

さらに三筒を自摸って高目純全帯三色となった。

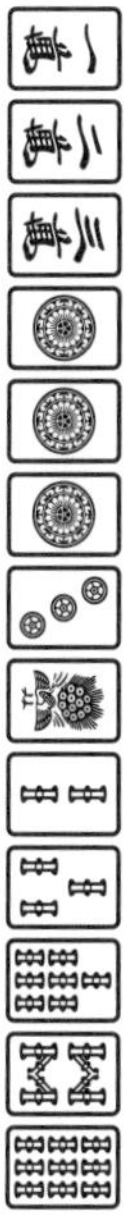

最高形ではあるが、釘宮は最終形と思わなかった。一筒が残一枚で、場には四筒が三枚切られていながら二筒が場に一枚、三筒は手の内外合わせて一枚しか見えていない。

一二三筒も二三四筒も面子になり難いのに二筒と三筒の二牌の出が悪いのは、これも他家が縦に使い切っているからだろう。

ここで二枚切れの九索を引いて三筒切り。

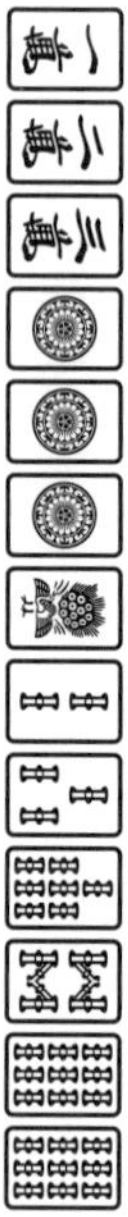

三色が消え純全帯の高目も無いのだが七索や八索を引いた形の魅力で九索は手放さない。最初に予測した通り六索が固められて無いとすると、逆に辺七索、嵌八索は山に居そうだ。
予想に違わず三枚目の七索を引き一筒切りで最終形。

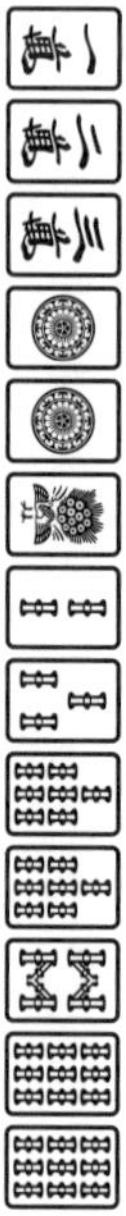

この待ちはあると確信したが、リーチは掛けない。
リー棒を出した後で千二千を引かれると原点を割り、誰かのマルAでオーラスを迎える事になる。B卓に沈みウマは無いものの、釘宮はマイナスで半荘を終えるのを極端に嫌っていた。三人を沈めた者は勢いを信じ、次の半荘も前に出て来る傾向がある。その気合は無い方が良い。
信じた通り八索は居た。
次の半荘で、笠置と結城が代わる。八巡目に結城がリーチを掛けてきた時、これは七対子だろうと確信した。

　早々と二筒が三枚切れていた場で一筒を志堂寺と釘宮が続けて捨てた同巡、結城が三枚目の一筒を手から出した事が根拠の一。重ねて使うしか用途が無い一筒を温存し、横に拡がる七万や六索を先切りした事で対子志向は明瞭である。

　結城の手牌の端三牌が、明らかに順子を構成していないと見える事が根拠の二。一向聴で右端に七対子候補の三枚を置いて理牌する者は多い。

　さらに、この三枚からリーチ宣言牌が出て、それが一枚切れの發だった事が根拠の三。完全に安牌でない字牌は、単騎待ちの候補だった可能性が高い。しかもリーチをかける前結城は河を見回した上で、自分の河も僅かに一瞥した。字牌単騎の残数と、フリ聴を確認する動作である。

　釘宮は、このリーチに無筋ど真ん中は打っても、筋と字牌だけは打つまいと決めた。

31

　結城がリーチを掛けてきた時、志堂寺には手が入っていた。

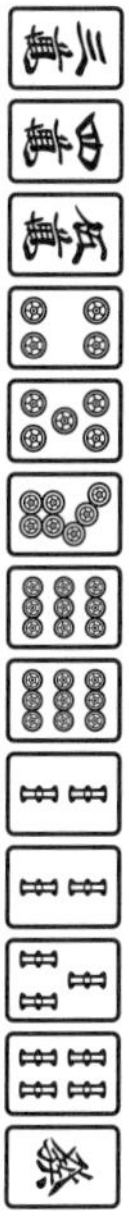

同巡に自摸った一枚切れの西《シャー》を留め、取り敢えず現物の發を切る。次巡に五筒自摸。

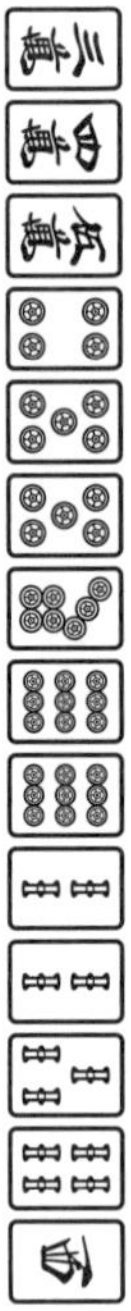

リーチ直前に阿南が捨てていた西を見て、これを切ろうとした時に異変が起きた。西が動かない。他の十三牌はどれも指で持ち上げられるのに、西だけは何かが卓を貫き通したようで微動もしないのだ。

『はて、面妖な』

訝《いぶか》りつつ、自分の番で長く滞るのを嫌がり、筋を頼って九筒を切った。次の自摸が三筒。

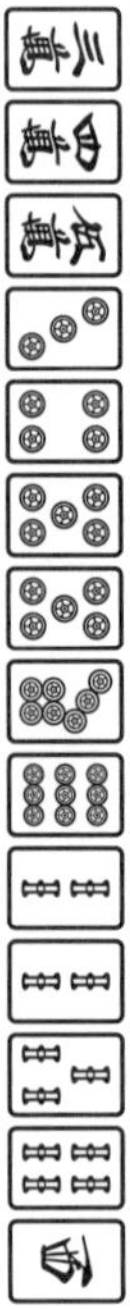

誰もが筒子両嵌《リャンカン》を残すところだが、この時も西だけ卓に縫い付けられたように動かせず、仕方なく九筒を続け打つ。

志堂寺には、この珍奇な現象を楽しむ余裕があった。

『西だけは打つなと何者かが導くなら、それに従うのも一興だろう。西方《さいほう》浄土と言うしね』

ただ、ちょっとした茶目を企てた。自分の番を過ぎた途端、自在に動き始める西を予め手牌から離して伏せたのだ。

次巡に六索を自摸って、西を引き剝がそうとしたが、やはりそこから動かない。

家族という地獄を描く衝撃のベストセラー

小説8050

林真理子

息子が引きこもって七年。その将来に悩んだ父の決断とは。不登校、いじめ、DV……家庭という地獄を描き出す社会派エンタメ。

119125-6 ●935円

公孫龍 巻二 赤龍篇

宮城谷昌光

天賦の才を買われた公孫龍は、燕や趙の信頼を得るが、趙の後継者争いに巻き込まれる。中国戦国時代末を舞台に描く大河巨編第二部。

144462-8 ●737円

ごんぎつねの夢

令和元年のテロリズム

磯部 涼

令和は悪意が増殖する時代なのか? 祝福されるべき新時代を震撼させた5つの重大事件から見えてきたものとは。大幅増補の完全版。

102842-2 ●693円

死の貝 ―日本住血吸虫症との闘い―

小林照幸

腹が膨らんで、死に至る――日本各地で発生する謎の病。その克服に向け、医師たちが立ちあがった! 胸に迫る傑作ノンフィクション。

143322-6 ●737円

古くて

決定版 世界の喜劇人

マルクス兄弟、チャップリン、キートン、ウディ・アレンら巨笑たちのギャグ３００超を徹底解説した名著、増補加筆のうえ新装刊行！

小林信彦

331829-3
4月8日発売
●3960円

■新潮クレスト・ブックス

ハルビン

英雄でもなく、テロリストでもなく――ひとりの悩める若者としての安重根を描き、韓国で33万部のベストセラーとなった歴史小説。

キム・フン
蓮池 薫［訳］

590194-3
4月25日発売
●2365円

逃げても、逃げてもシェイクスピア

翻訳家・松岡和子の仕事

完訳を成し遂げた翻訳家の仕事と人生はこんなにも密接につながっていた。仕事の流儀から生い立ちまですべてを明かす宝物のような一冊。

草生亜紀子

464002-7
4月17日発売
●1980円

国家の命運は金融にあり 高橋是清の生涯 上・下

奴隷、芸者のヒモ、相場師などの紆余曲折から、日銀総裁、蔵相、首相を歴任した財政家の生涯。従来の是清像を塗り替える圧倒的評伝！

板谷敏彦

(上)355631-2
(下)355632-9
4月25日発売
●各2750円

■新潮選書

日米同盟の地政学

「5つの死角」を問い直す

もう「日本だけの都合と願望」は通用しない。基地使用、事態対処から拡大抑止まで――意外な盲点から安全保障の課題を突く警鐘の書。

千々和泰明

603908-9
4月25日発売
●1815円

『何かのお告げか、はたまた狐狸《こり》の悪さかは知らんが、要はこの牌を打つなと仰るのだね。面白いから乗ってみましょう。この西が当っているなら、他は通るわけだ』

二索、五索と引き、六索を残したのが好手となる勝負形が出来た。

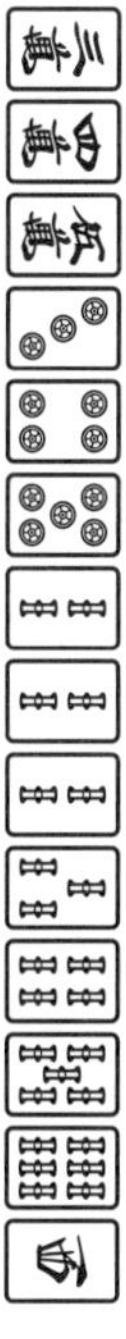

『この形になってもコレ打っちゃイカンのですか』

摘み上げようとした西は、やはり卓のラシャ地にピッタリ張り付いている。

この直後、志堂寺は座っていた椅子がズンズンズンと天井近くまで引き上げられるような気がした。床屋の椅子がどこまでも上がって行くような感触であり、驚いた事に麻雀を打っている自分達の姿を俯瞰《ふかん》できる。

対面の後ろで観戦する笠置までを含めた五人の姿が、セピアカラーの完全な静止画像となり、全員の時間が停まっていた。志堂寺は動かない自分の後頭部を見下ろす事ができる。

『ほお、これが魂魄《こんぱく》離脱なのかな。それにしても私の後ろ頭は、思っていたよりずっと侘《わび》しい状態だったわけだ』

ここに至っても尚、志堂寺は動じない。

『せっかく皆が停止しているんだ、頑張って首を伸ばせば全員の手牌が見えないか？』

体を捩《よじ》ろうとした時、何かが右肩に触れた僅かな感触があった。

次の瞬間、志堂寺は狂喜する。

芙蓉子だ。一瞬、彼女が愛した香水であるガーデニアがハッキリと香った。

その直後、椅子は元の高さにスルスルと戻り、止まっていた時間が動き始める。セピア一色だった視界が普通に戻る。

『嗚呼《ああ》、来てくれたのか。有難いなぁ。お迎えかな？　そうか、まだか。私は何時でも良いんだがね』

志堂寺は何度も頷きながら、六索を切って追っかけリーチを打った。

32

昼過ぎ、志堂寺と阿南は大手町の貸会議室で男女の学生と向き合っていた。

男子が高城《たかじょう》、女子が桃園《ももぞの》。どちらにも先に一度会っていた志堂寺が、阿南を紹介する。

「阿南です。模擬面接は本来一対一で行いますが、他の学生の回答を知る事も有意義なので二人同席にしました。

これから行うのはラダリングと呼ぶデプスインタビューです。一問の回答から次の質問が連鎖的に生まれていきます。

郷土の英雄を問われて加藤清正《かとうきよまさ》と答えたら、では清正の治水政策の特徴は？　と質問を重ねます。つまり一問毎に梯子段を一つ上がり、別のステージで問答を交わすドリルです。予め回答を準備できないのでアドリブ力を鍛えるには格好の演習になります。

回答は正しくなくても構いません。嘘であっても良いのです。但し質問への回答が、そのまま貴方自身のプレゼンテーションになります。

因みに面接官は学生個々の地肌を見たいのであって、コンサルが教え込んだ模範的回答を聞かされるとウンザリします。そう覚えていて下さい」

男子学生は自信に溢れた表情で頷いたが、女子の方はやや不安げに首を傾げた。

「では高城君、貴方は広告業界に入って何をやりたいのですか？」

「そうですね。企業と生活者の間に立って、互いのニーズを最もよく知る者として、双方に働きかけて絆を強化していきたいですね」

「発言冒頭の『そうですね』は止めましょう。回答を考える間《ま》を取りたい気分は分りますが、連発するとハッキリ馬鹿に映る。それでは生活者のニーズを最もよく知るのが、何故広告主ではないのですか？」

「そうですね。企業には思い上がりがあって、同業と比べてどこよりも自分達が一番生活者に詳しいと言い張ります。でもその業界で一番は一社の筈ですから、二番以下は間違っているか、嘘ついてます。そもそも市場の争いの当事者でない方が、見る眼は冷静だと思うんです」

「なるほど岡目八目ね。しかし、だからって広告会社が最も生活者に詳しいとは限らない。それを示す具体的な根拠はありますか？」

高城は回答に詰まる。

阿南は丁寧に、噛んで含めるように説明する。

「情緒的なコメントは、すぐ面接官からツッコミを受けます。面接官は学生を追い込みたいのではなく、それに対する返しの弾力を知りたいのです。

予め回答を準備できない質問を出して、咄嗟の反応を見ようともします。だから、自分を伝える勝負処の回答には根拠を準備しておきましょう。

もう一つ、生活者を知る者として自らを謳うのは広告会社のハッタリです。それを学生が鵜呑みにするのは安い阿《おもね》りに聞こえるから、止めた方が良い。どんな業種であれ、市場とユーザーを最もよく知るのは広告主だ。その為に費やしている情報収集の努力は、広告会社の比ではありません。

ただ、広告主は自社商品への愛が深過ぎて客観的になれない。容姿に難があって縁遠い娘を諦めきれず、なんとかアピールポイントを探したい男親に似ている。愛の無い広告屋は醒めていて『うなじは綺麗と訴えましょう』なんぞと囁く。そんなもんです」

志堂寺は笑い、学生は唖然としていた。

高城へのラダリングはその後もアチコチ飛び、二十分を経て終了した。次は桃園に移る。

「桃園さんは映像制作に関わりたいとの事ですが、それはどんな関わり方ですか？」

「はい、プロデュースではなく、制作実務を担うディレクション側に居たいです」

「貴方にとってプロデュースとディレクションはどう違うのですか？」

「プロデュースはお金を産むマネジメントですね。作品によって、どう儲けを捻出するかの作戦を立て、予算やスケジュールを割り出します。一方ディレクションはプロデューサーが決めた条件の中で最高品質に仕上げていく実務だと理解しています」

急に桃園の説明効率が良くなったのは練り上げた準備稿だからで、阿南は質問をヒネってみる。

「キャスティングの決定権はプロデュースとディレクションのどち側にありますか？」

「主要キャストに関してはプロデューサーでしょうか？」

「映画やテレビでなくCMではどうですか？」

「スポンサー、になるのでしょうか？」

予期しなかった質問に対しては途端に反応が遅れ、回答も不鮮明になる。

「これは高城君にも覚えておいて欲しいのですが、広告屋はモーツァルトであってベートーヴェンではない。先ずはパトロンの気分を乗せないと作品を作らせてもらえないのです。当然、表現者としてだけじゃなく、ヨイショの才能も要る。それが嫌なら、貧乏なベートーヴェンの道を自前で歩むしかありません」

面談は結局一時半まで掛かった。学生を帰した後、志堂寺は感想を漏らす。

「阿南君に頼んで良かった。広告ビジネスに疎い私にも、難しさは良く分かりました」

「残念乍《なが》ら二人ともダメでしょうね。華と色気がありません」

「華と色気かぁ。報告が難しいな」

「センスと地頭と呼び替えても良いです。どちらも無い奴を会社は本気で育てないし、第一客が信用しないんです」

「しかし、それにしちゃあ長々と丁寧に対応してくれたよね」

「何処も落ちるだろうから丁寧にやりました。学生は今後クライアント側に座るかもしれません。

昔ぞんざいに扱われた記憶は、しつこく残るんですよ」

「なるほど、気遣いのポイントまで違っているわけだ」

志堂寺は感心しながら、謝礼を包んだ封筒を阿南に差し出した。

阿南は固辞する。

「それはどうか御勘弁下さい。誠に気障《きざ》ですが、阿南のプライスレスは鰻の白焼きで報いていただけませんか。一本付けて」

33

釘宮は高校の後輩に紹介された大学病院の待合室で、検査の結果を待っていた。

診察は早朝、メンタルクリニック科での問診から始まった。釘宮は、自分が何処に居て何をしているか分からなくなった状態に二度陥った事、しかしその後、生活の支障は何も無い事を説明する。但し白い霞については敢えて語らなかった。おそらく自分にしか見えない心象風景の類だろうと思ったからだった。

問診後は知能テストに似た三十問の質問を受ける。今日の日付と季節を問われ、病院の名前や場所、今何階に居るかを尋ねられた。さらに単語を三つ言い渡され、何問か後に再び思い出す事を求められたり、百から七を連続五回引く暗算も答えさせられた。

釘宮は最初可笑しく、次に怪訝《けげん》に感じた。確かに脳の異変を怖れて検査に来たわけだが、自分は認知症ではない。雀卓で一局の摸打七十牌を記憶する自分に、検査の問題はあまりに呆気なく、一体これで何が分かるのだろうと思う。逆に、こうしたチェックが必要な程、自分の症状は深刻なのだろうか。

長い質問が終わると注射を打たれ、しばらく時間をおいて脳血流を調べる検査を受ける。最後に脳の撮影が行われて検査は午前中に終わった。

午後一番に呼ばれて診察室に入る。メンタルクリニック科の科長は総白髪の紳士で、彼自らが端末の画像を覗きながら検査結果を説明し始めた。

「釘宮さんですね。通常は御説明を御本人にするか御家族にするか考えるところなのですが、釘宮さんには現状説明だけでなく今後の治療方針もお話ししておきたく、直接お伝えする事にしました」

改まった医師の物言いに、釘宮は緊張する。

「状況はかなり特殊です。まず腫瘍や血栓、特定部位の損傷や肥大等、異常を招く外科的要因は発見されませんでした。

また、我々がMMSEと呼ぶテストで貴方の成績は三十点の満点。通常は二十三点以下で脳の支障を疑いますから、この検査では全く正常です。実は、問題への集中力や回答速度も観ていますが、貴方の反応には逡巡が無く全て即応。問題はありません。

しかし映像からは、ハッキリと脳の萎縮が診て取れるのです。同時に、脳の血流にも異常が表れていました。おそらくこの二つが最近起こった症状の原因だと思われますが、二つとも楽観してよいレベルではありません」

医師は釘宮の脳のＭＲＩ画像を指しながら説明を続ける。

「釘宮さんの脳には、脳溝と呼ぶ脳のシワと、記憶を司る組織である海馬の両方に萎縮が見られます。この萎縮の度合いをＶＳＲＡＤというソフトで解析すると、四段階の三番目となり、アルツハイマー型の軽度認知症と診断するのが通常です」

医師はここで言葉を区切った。宣告を受けた釘宮が、きちんと説明を理解しているかを確認した上で、説明を続ける。

「しかし釘宮さんの場合は見当識を二度、しかもごく短時間失った以外には自覚症状がありません。最初に特殊と申したのはこの点なのです。

つまり認知症の症状が現れても不思議がない状態なのに、固有の症状が出ていない。この理由は不明です。高校の社会科の先生と伺いましたが、日頃頭を使っておられる分、発症が抑えられているのかもしれないですね。

ただ仮にこの脳萎縮が見当識を失わせたとして、ではこれからどんな症状がいつ出始めるのか、全く分かりません。現状言えるのは、脳が萎縮しているという事実だけです」

堪え切れずに釘宮は質問した。

「私の脳は、いずれスカスカになってしまうのですか？」

医師は穏やかに答える。

「萎縮が何時から始まったのか推定できません。同様に、今後どれくらいの速度で萎縮が進むのかも予測できないのです。定期的に観察し、萎縮を食い止めるのに有効な治療を探していく事になります」

釘宮は納得がいかず、続けざまに質問を重ねた。

「私、まだ三十九なんですけど。アルツハイマーって、いくら何でも早過ぎませんか？　こんなに早く罹《かか》る病気なんでしょうか？」

「発見の年齢としてはかなり早い方ですが、昨今はアルツハイマー型認知症が若い人に起こる例が増えています。これは若い人に病気が広まったのではなく認知症の研究が進み、以前は専ら老人が罹る病気とされていたのが、そうでないと分かってきたからです。

原因は不明ですが、脳の特定部分の萎縮が原因で起こる種々の障害を、年齢に拘らずアルツハイマー型認知症と呼んでいます」

「萎縮した脳は、もう二度と復活しないのですか？　温めるとか、駄目ですかね？」

「一旦萎縮した脳が容積を回復する事はありません。今後の萎縮をなんとか止めようとする事が治療の主体になります」

「これから、どういった症状が出るんでしょうか？」

「実は釘宮さんの脳と同じ箇所が同程度萎縮している状態で、既に多くの症状が出ている例は多いのです。脳萎縮と認知症の進行は大雑把には比例しますが、個人差も大きく、今後の具体症状と発症時期は予測できません。

一般的な初期症状としては、同じ事を何度も繰り返して語るとか、自分がそこに来た目的を忘れるという行動が見られるようになります。

次いで、服のボタンが止められなくなったり、器具の使い方が分からなくなったりし始めます。

さらに進むと、帰る場所や方法が分からなくなり、遂には自分の事を説明できなくなります」

「つまり徐々に自分が壊れていくわけですね。それを阻止する手立ては無いんですか？」

「残念ながら現在の医学で根治できる病気ではありません。

但しこの病気の研究成果は最近めざましく、脳内の神経伝達物質の減少を防いだり、神経細胞そのものの死滅を防いだりと、様々な効能を持つ新薬が次々と開発されてきています。病気の進行を抑えている間に、有効な治療法が確立される可能性は高いので、将来への期待を失わず、長く病気と闘っていく心の強さが求められます」

医師が再び言葉を区切り、釘宮は大きく息を吐いた。医師の目には釘宮のショックを案じる真摯な表情が表れていた。

『先生は善い人なんだな』

そう感じる余裕が釘宮にはあった。

釘宮は、宣告に驚きはしたものの狼狽も動転もしていなかった。

釘宮には、起きた不幸を遠い景色のように観望する醒めた習慣がある。幾つもの勝負の切所《せっしょ》を越えてきた経験で得た後天資質なのか、人の力を超えた定めに対しては、憤っても嘆いても仕方ないと思うのである。

まずは受容するしかない。その後、どう闘うかで己の真価が問われる。糞配牌もヘタレ自摸も、それ自体は悪手ではないのだ。悪手とは状況に負けて冒す人為であり、どんな局面にも必ず『場合の最善手』がある。

釘宮の切り替えは早かった。

「先生。御説明は素人にも概ね理解できました。流石にビックリしましたが、取り乱していませんから御心配無く。仰せに従い、気を強く持って病気と闘います。

その上でお聞きしますが、今すぐ家族に伝えなければならない病状でしょうか？」

「具体的な症状が出ていないので、今すぐというわけではありません。ただ、この病気は家族の御支援が不可欠で、しかも症状が進むに伴って御家族の負担は大きくなります。

御事情はおありでしょうが、出来る限り早く御家族と情報共有を図っていただきたい。次回来院される際、御一緒に来て頂ければ私から丁寧に御説明致します」

「分かりましたが、当方にもいろいろ段取りがありますので、家族に知らせるタイミングは私に決めさせて下さい。闘病には最善を尽くしますので、どうか今後とも宜しくお願い致します」

「剛毅な方ですね。どんな病気でもそうですが、患者さん御自身のファイティングスピリットが一番重要です。今の精神力を長く保って下さい。この病気は現状維持が課題になりますので、治療の効果を自覚し難い分、焦燥感も強いでしょうが、粘り強く一緒に闘いましょう」

診察室を出て薬局に向かうと、三種類の飲み薬の他にパッチ剤が出ていた。一日一枚を背中や上腕、胸に貼る貼り薬で、皮膚から血中に入った薬効成分が直接脳に届くらしい。

釘宮は待合室の椅子の上で、薬袋を弄《もてあそ》びながら考え込む。

『さーて、困ったもんだて。どーすっかね。まずはセカンドオピニオン聞こてば』

34

敏江は、男の不遇に繊細だった。

特に男が容易ならざる状況を迎え、平静を繕《つくろ》いながら強く耐えている気配が伝わる時、敏江は格別の慈《いつく》しみを覚える。ここ一カ月、敏江は笠置の身に何か本意でない事態が起きている事を感じ取っていた。

いつもより剽《ひょう》げて見せる表情に、かすかな孤愁が漂う。

笠置は事態に抗わず、不服を唱えず、静かに耐え抜こうとしている。その忍耐が僅かに洩れている事に気付いていていない。

敏江は、何か自分にできる事は無いものかと思う。慰めや声援と云った僭越《せんえつ》ではなく、笠置がほんの少し和めるような、そんな場を作り出せないものか。

迎賓館のアフター、二人がいつもの沖縄居酒屋で呑んでいる時、敏江は申し出た。

「この夏、旅行に行きませんか?」

「何処に?　温泉?」

「行き先は何処でもいいんです。骨休めできる場所を考えて下さいな」

「良いけどさぁ。熟年二人の旅先って難しいよ。漂泊の思ひ止まず、てのと名物の食い倒れじゃ、行き先寄る場所違うだろ」

「おうどん食べて、なんばグランド花月でも良いですよ」

「それは、いくら敏江さんの御要望とは言え、大賛成です」

「うふふ。私、どちらかと言うと松竹新喜劇です。昔から横山たかしが好きでしたから」

「渋いねぇ。芸人の好みって、人の熟し方、捻《ね》じれ具合が顕れるよな。俺『本寸法《ほんすんぽう》の芸』というものがトンと駄目でさ、どこか気恥しい匂いがしない芸人には惹かれないんだ。ゼンジー北京や東京コミックショウは好きだよ。でも大御所が落語を巧者に演じるともうダメ、席を立ちたくなっちゃうんだよね」

「ちょっと分かるような気がします。こうした趣味は好きが一致するより、嫌いを共有できた方が一体感が早いですよね」

この時、敏江がお湯割りのお代わりを作ろうと卓上ポットを押すと、空気音と共に湯の飛沫がほとばしった。

「あらあら、熱湯甲子園」

顔を上げた時、笠置が屈託の消えた満面の笑顔を見せていた。


半月後、敏江と笠置は品川駅からのぞみ始発に乗る。

「グリーンなんですか?」

「うん、俊爺《としじい》は一応会社の役員でさ、申し訳なくも出張はグリーンなの。しかも嫌らしい事に体が慣れちゃってるもんで、許して。それと俺が窓際なのは、寝ちゃうと上体が左右に揺れるのよ」

敏江は笑い、バッグから上等の金鍔《きんつば》と日本茶を入れたサーモスを取り出す。

「おっ、オメザか。気が利いてるね。いやが上にも盛り上がる旅情」

熱い茶を飲んだ後、二人はもう何も語らない。会話が途絶える事に怯える歳ではないし、朝の沈黙は却って落ち着く。

京都からレンタカーで日本海に向かい、気比《けひ》の松原を起点に二人とも初めての土地を巡って行く。三方五湖《みかたごこ》を見下ろす山頂で、歌碑がセンサーで曲を鳴らすのに笑い、小浜《おばま》では焼き立ての鯖を食べられないと知って驚く。こうした取るに足りない記憶を一つ一つ共有するから旅は楽しいのだ。

小浜を発って宿までのロングドライブの車中、敏江は笠置に問うた。

「新参の結城君を、皆さんはどう観ておられるんですか?」

「うん、なかなか勝てないけど、今までと違う強さを身に付ける知恵熱の時期でさ。いずれ乗り越えるだろうし、そしたら俺や志堂寺さんは喰われ始めると思う」

「そんな先の浮き沈みまで分かるんですか?」

「分かりゃせんが、ほぼ確信。俺達自身が若い頃、似た道を通って来たからね」

「阿南さんや釘宮さんには及ばないんですか?」

「そこはどうだろ。難しいかな。

阿南ちゃんはね、俺や志堂寺さんより一、二枚はハッキリ格上なんだよ。本人は認めないと思うけど、俺の中で勝負付けは済んでる。しかし釘宮君との差の距離感は、皆目分からん。結城君は賢いから、もうその違いに気付いてるかもなぁ」

笠置は運転しながら段々饒舌になっていく。

「麻雀には、他の遊びにない病的な引力があってね。人為と偶然、建設と破壊という二つの相反が根本にあって、この混ざり具合が独特の味になってるんだ。

人為と偶然は分かるよな。麻雀は、どんなに巧くても偶然が味方しなきゃサッパリ。囲碁将棋チェスといった強者必勝のゲームでなく、所詮運否天賦《うんぷてんぷ》だからね。逆に言うと『偶然を管理する人為の技倆』で勝負が決まる」

「そこは私でも、何となく分かる気がし始めました。皆さんが一番真剣になっておられるポイントですよね」

「うん、ただもう一つ、建設と破壊の方がややこしい。

配牌という原野に最適の作物を選んで必死に育て、明日は待望の収穫となったその前夜に一切を諦めて伐り倒す。そうしないと、作物より大事な人が死ぬ。懸命に育ててきた我が子を、自分が生き残る為に殺すようなもんで、そりゃあ辛い。

しかしその辛さは一方で愉悦でもあるのよ。ほら、歌舞伎でも浄瑠璃でも一番の泣かせ処は『切り場』と言って切腹したり、身代りに殺したりするシーンでさ。あの我が身を切る辛抱が、麻雀のもう一つの味なんだろう」

「皆さん、そんなに重く考えて打っておられるんですか?」

「うんにゃ。今のはサービスで相当盛りました。話題がマニアックで地味だったんで」

夕刻久美浜《くみはま》の宿に着いた。

夕食はハタのしゃぶしゃぶで、二人は地酒を一通り試した後、縁側に移って焼酎に変え、すぐ下に広がる暗い海を眺めながら長い間呑み続けた。


翌朝、内海に突き出たゴルフ場で二人はスタートする。

旅のお遊びでゴルフをやろう、たまには体を動かした方が良いとの笠置の提案に、敏江は簡単に応じた。

「主人の生前は平日の2サムによく付き合わされていたんです。十数年ぶりだから当たるかしら」

そう語っていた敏江だが、スタート後は落ち着いたもので少しも慌てない。

3番のパー4が名物ホールで、セカンドが海越えの珍しいレイアウトになる。

二人ともティショットを崖の手前に止めた。海越えの第二打はキャリーで150ヤードが必要だった。この時、敏江が少しも迷う事なく海に向かってスタンスを取ったのを見て笠置は驚いた。

「ふんっ」小さな気合を発して敏江の3鉄が一閃すると、打球は真っすぐ海に向かって飛び出す。海上の最高点で海風に一瞬止められたように見えたボールは、そこから美しくフェードし、ぐんぐん陸に向かいグリーン手前のカラーに落ちた。勇気に富む見事な一打だ。

見とれた笠置は5番アイアンで風にぶつけようと試みたがチョロして崖下の海へ。第四打も引っ掛けてグリーン左の海。8オン3パットの笠置に対し敏江は涼しくパー。

結局敏江は18番でも寄せワンを決めて99だったのに対し、笠置は104を叩いた。

35

昼過ぎにキャンパスの第二食堂を出た時、結城は吉光明実から呼び止められた。

ほれ、といきなり渡された封筒には現金の束が見える。

「今月は吉光さんですか？」

「人をナメるんじゃない。なんで私が月の負け頭の取り払いをやんのよ」

「あっ、それは大変失礼しました」

「あんた、陰険徳《いんけんとく》に貸しがあるんでしょ。彼は今就活で帰省してるんだけど、実家に何やら事情ができたそうで、今度いつ帰京できるか分かんないだって。私もゼミ関連で立て替えした分があって、それを振り込む際、あんたにも渡してくれと頼まれたのよ」

「すみません、お手数掛けちゃって」

「中に十一万入ってるから、私の前で今すぐ数えて、ちゃんと受領しましたってショートメールを徳と私に送ってくれないかな。コレ私の番号」

「はい、すぐ打ちます。で、落としは如何程《いかほど》お支払いしましょう」

「へー、妙に律儀なんだ。じゃあ今夜、肉を奢んなさいよ」

明実が六時半に指定したのは千駄ヶ谷のステーキ屋だった。入り口から階段を降りた地下は意外に中が広く、入ってすぐの大きな炉で炭が爆《は》ぜている。店の調度や従業員の服装、メニュー表示に至るまで全てが昭和であり、ゆったりと今風でない間隔のテーブルが妙に落ち着く空間だった。

六時半ジャストに来た明実は席に着くなり慣れた様子でオーダーする。

「瓶ビール二本とヒレ一キロね」

「一人五百ですか？」

「大丈夫。逆に、ここに来て二人で六百なんて言っちゃうと、店から鼻で笑われるよ」

「サイドオーダーとかはどうしましょう？」

「周り見てごらんなさい。のんびりハムやら別注しているのは初回客。ガツンとステーキ食べたらサッと出ていくのが、昔からこの店の文化なのよ」

ステーキは塊を炉でブルーレアに焼き、テーブル上の熱源で個々人が好みの加減に仕上げ焼きする。肉は分厚いのに柔らかく、しかも昔の牛肉の味がして結城がこれまで食べたどのステーキとも違っていた。明実が一人前だけ追加注文したライスを鉄板に乗せ、肉片と混ぜて醤油を掛けたのを二人で分けて完食。

「驚きました、まだ食えます」

「あんた最近は迎のお爺さん達に交じってるそうだから、美味しいもんを少しだけなんて垢抜けしちゃったんじゃないかと思ってたけど」

「いえ、そんな事はないです」

「あの卓はきちんとしてるけど、結構怖いよ」

流石に蔵前倶楽部の現役最強、観る処はきちんと観ている。

「あの卓は、今まで通ったどの雀荘とも違うんです。大袈裟に言うと、毎回新鮮な啓発みたいなのを受けます」

「そりゃ私にも似たような性分あるから、言ってる事は分かる。剣道の地稽古は、学校のクラブより警察の道場の方が厳しいもん。しかも、厳しいのは面白いからね。

ただささ、あんた麻雀にそこまでドップリ浸かって、ちゃんと将来を練り込む時間を作れるの？」

結城は黙った。返す言葉が無い。

途切れた会話の糸口を探そうとした時、ふとあの一局を思い出した。

「二五八万リーチで大マクリを決めた局を覚えておられますか？」

「八万自摸の親ワレカブリね」

「アレ、何故オープンしなかったんですか？　どうせ自摸専を選ぶなら染め屋の脇二人をオロせるし、開けば条件下がって裏1で足りるようになります」

「オープンって性に合わないだけ。皆が皆、点棒大事の麻雀を打ってるわけじゃないからね。私には私の決め事がある。

誰もが同じ手筋で打つんなら、お手本に寄せる小学生の硬筆コンクールみたいでつまらないでしょ。書道の値打ちって、その人にしか表せない文字の美しさだと思うけど」

この一言は、結城に少し響いた。勝つ為の最高効率を自分に課すのと、その効率よりも自分の文化を大切にするのは、もう宗旨が違う話である。結城は、あの日明実の手筋をぬるいと断じた自分の方が、点棒に囚われた幼稚な料簡だったようにも感じた。

結城の書く文字は、ゴチックのようで実に見やすいけれど、字に風格は無い。


店を出て左右に別れる時、明実は古い文庫本を差し出す。

「今日は御馳走様。コレあげる」

文庫本は五味康祐『興行師一代』、若い女性が選ぶ本ではない。

「人様に本を薦める傲慢をわきまえないわけじゃないんだけどね、コレ絶版なのよ。松竹は双子の兄弟がいろんな勝負処を凌いで大きくしたって事、私は知らなくて面白く読んだ。たぶんあんたも同じだと思う」

ステーキ屋の支払いが一万一千円。

落とし一割と同額なのが偶然でないように思えて、結城は少し可笑しかった。

36

結城は、これまで味わった事の無い戸惑いの中にいた。

二回生になって二カ月が過ぎた頃から同級生の動きが変わり、就活の準備を始める者が増えたのである。元々結城の大学は、学生の多くが大学院に進むため際立った就職活動は見られなかったが、ＯＢ訪問を始めたり、来夏のインターンシップの研究が活発化していた。

それらは、進学しなかった場合に備えての措置と聞いて、結城は独り白ける。

結城自身、いずれ将来を見定める時は来ると考えていたが、それが今とは思わなかった。もう少し先延ばしにして、選択肢をできるだけ多く比べる猶予が欲しい。しかし同期の事情通から、そんな態度は単なる現実逃避で大甘だと嗤われてしまった。

引き摺られて結城もぼんやり考え始める。いったい自分は何者になりたいのだろう。どう生きて、何を為すのか。特段の大望を抱いているわけではなく、一つの世界で成り上がりたい野心も薄い。

ただ、この道より我を活かす道なしと納得できる『この道』だけは探したいと思う。生業《なりわい》は生涯かけて愛せるものでなければ、自堕落な自分は長い人生を保てない気がする。

考え込む都度、結城の頭の中には大きな蛹《さなぎ》のイメージが浮かんでくる。蛹の中には、幼虫から成虫へ変態しようと蠢《うごめ》く自分が居る。しかし幼虫は、自分が蝶になるのか蛾になるのか、先を知らない。そんな、すぐ近くの未来が見えない不安が、結城に未体験の憂鬱と逼塞《ひっそく》を与えた。

唯一麻雀を打つ時間だけ、今までよりビビッドで冴えた自分を感じた。迎賓館はこれまでに経験した中で最もレベルの高い雀荘だったが、今のところ懼《おそ》れず緩まず、高い集中力で己の麻雀を打てている実感がある。

しかし現実はずっと負け続けていた。Ｂ卓に参加して一カ月過ぎたが、一日のトータルプラスが未だ一度も無い。けっしてスランプの類ではなかった。手は入るし牌も来る。それでいて結果が伴わないのは、自分のセオリーに照らして征くべしと断じた勝負が悉《ことごと》く競り負けるからだった。

累計の負けは五十万円を超えていた。レートがセット卓の十倍なのだから当然覚悟すべき額であったが、これまで月平均三十万以上あった勝ち金が減った上での負け五十万は厳しい。このままだと迎賓館では早晩打てなくなってしまう。

結城は折角参加が許されたB卓で何とか粘りたかった。手が揃った上で、人の奥行きを感じる先達から吸収する事は多い。

この状況を見抜いたように志堂寺から声が掛かった。

「結城君、アルバイトしないか」

「有難うございます。何でもやりますよ」

「パソコンは達者かな」

「複雑な作図でなければ一通りできると思います」

こうして毎週金曜の午後、志堂寺事務所でのアルバイトが始まった。

仕事の内容はニュースクリッピングと、それを編集したメルマガの配信である。志堂寺が一週間で集めた学会発表論文や国内外専門紙誌のスクラップをスキャンして編集し、志堂寺レポートとして百社以上の契約先に内容替えで配信する。その内容とは、港湾の商業開発に必要な法律特集や、高速道路の路肩植栽の海外事例等、国土開発系情報を中心に多岐に及んでいた。

一般には馴染みの薄い難解な情報だったが、工学部の結城には寧ろ関心領域で、抵抗は無い。但し編集作業は厄介だった。契約企業によって配信内容が細かく分かれており、フルバージョンをマザーとした上の切り替えが八十版以上となる。当初はレイアウトに手間取って丸一日掛かったが、結城は短期間で習熟し、今は昼に始めて五時前には終わる。志堂寺は毎週二万円を日払いしてくれた上、毎度の晩飯まで付けてくれた。

結城はこの頃、以前は見向きもしなかったアルバイトに追われていた。それもB卓で長く打つ為であり、金曜だけはバイトを休んでいた結城に、志堂寺レポートは実に好都合な条件だったのだ。

毎回、志堂寺に相伴して一杯呑んだ後、二人で迎賓館に繰り込む。志堂寺は七十四歳で結城は二十歳。本来なら祖父と孫の年恰好で会話は成立し難いのだが、麻雀を通じた奇妙な連帯が二人の疎通を滑らかにしていた。

「志堂寺さんも若い頃、御自身の生業を定める段階で悩まれましたか?」

不躾《ぶしつけ》な結城の問いにも、志堂寺は笑って応じる。

「私達の時代はどうやって食うか、その算段に必死でね。恥ずかしながら生きる手段で手一杯、目的を考える余裕はありませんでした。貧しいよね。

しかし今は違う。君の年齢で男子一生の業をどう選ぶか、悩むのは自然でしょう」

結城は、志堂寺にだけは胸襟を開いて素直になる。

「自分に何ができるのかの前に、いったい自分は何をしたいのか、そこがハッキリしない事に苛立ちます。正直、焦燥感強いです。あれこれ考える内、枕が熱くなって朝まで眠れなくなっちゃう事もありますから」

「ははは、いいねえ。悩み慣れてないから今は苦しいだろうが、後になって振り返ると甘美な時間ですよ。まだまだ時間はあるのだから、こってり悩む事です。思考が分厚くなるし、悩みに原価は掛からない」

「生涯の選択に際しての基準と言うか、先人のセオリーみたいなもの、ありませんよね」

「基準なんてありゃしません。仮に物差しがあったとして、百姓と漁師をどう比べますか？　君は決断するための合理的な理屈が欲しいのだろうが、稼業を選ぶのって煎じ詰めれば好きと勢いですよ。色恋沙汰に似て、この女と添い遂げたいと想う気持ちは理屈じゃないでしょう」

「色恋だったら、一時の熱で突っ走っても、後に醒めちゃう事もありますよね。志堂寺さんは生業を決められた後、後悔されませんでしたか？」

「しなかったねぇ。あの時甲を選ばず乙を選んでいたらと思った事は一度も無い。いろいろ考えた末、こうと決めた当時の自分に悪いじゃないですか。これも一局、あれも一局。自分が長考して選んだ結果を愛でる事です」

「でも、僕は色恋もしてないのに相手を選ぶ日が迫って来てまして。院に進むか就職かも考えなきゃなりません」

「あはは、逃げりゃ良い。君の年齢と経験で生涯の伴侶を見つけろと言う方が無茶だ。惚れた女が見つかるまで、ふらふら逃げまくるんです。世間から半端者扱いされるだろうけど、惚れてもいない女と我慢して一緒に居るよりはナンボか賢いでしょう」

　結城は志堂寺に会うといつも、楽になる気がしていた。

37

阿南は昼休み、携帯で社長から呼ばれた。社長とは昼前にエレベーター前ですれ違っており、会社在席を知っていながら携帯で呼び出されたのは、繰生局長を跳び越した複雑な用件だろうと直感する。

案の定、社長は滅多に見せない渋面《じゅうめん》だった。

「ヴィンクラな、手仕舞いだ」

「マル暴系ですか」

社長は驚いて顔を上げる。

「ほぉ、お前は得意先にそうした動きがあると摑んでいたのか？」

「いえ、伊原社長が最近仕手戦に絡み始めたと経済紙の友人から聞きまして。注意して見ていると、風体《ふうてい》の変なのがやたら出入りを始めましたから」

「仕手戦の伊原社長はダミーらしい。しかも仕手は経済行為で、それ自体に問題は無い。危ういのは、関西と九州の二大反社がヴィンクラを内側から食い物にし始めた事だよ。急成長の会社だけに総務系が緩いのと、あのワンマンだもん、トップさえ嵌めたら楽に金を引けると踏んだんだろうな。

最初は角《つの》突き合わせていた二団体が最近、領域を分け合う共存を決めたらしい。一方が企業舎弟を販売代理店に送り込み、もう一方は新規事業のパートナーだと」

「でも、それなら伊原社長は被害者でしょ？」

「そこが奴らの狡知なところだ。一噛みじゃ殺さず、トップに餌を投げ与えながら徐々に法人の髄液を吸っていく。伊原社長は両方から取り込まれて、もうズブズブ共犯のレベルらしい。特別背任の廉《かど》で東京地検が内偵を始めたそうな。しかも地検の後は国税が控えているのが常道、もう逃げ場はあるまい」

「あ〜、そうした理由なら否やは無いですね。媒体社も、反社と繋がる広告主への枠出しは渋るでしょうし。一社が止めればたぶん軒並み。あれだけ広げた通販でメディアを断たれたら、一気に倒産の危機までありますす」

「かもしれん。折角得た超大型新規だ、忸怩《じくじ》たる思いはあるがね。しかしオカミは最近、反社の経済事犯に殊の外ナーバスでな。俺に諸々リークしてきたのは、社会面ネタになる前に手を退けって指導だよ。

被害者なら醜聞で済むが、片棒企業と認定されたら、ウチみたいにオカミ御用の多い広告屋は付き合いきれん」

阿南に選択肢は無かった。

「分かりました。かねて覚悟はしていましたし、今日を境に撤退を始めます。けれどカットアウトではなく、フェードアウトで宜しいですか？

なまじ我々から三下り半を突き付けてしまうと、後々ややこしい展開もありえます。根拠無き流言を信じて媒体社の信用不安を招いた、なんてインネンつけられる事も想定しておかないと」

「おいおい、そら鬱陶しいぞ。いつまで待ちゃ、綺麗に退けるんだ？」

「第二クール一杯、九月末の撤退完了でどうでしょう？」

「よっしゃ、小舟もすぐには止まらんとオカミには伝えておく。その代わり十月から一切取引停止の線は守れよ。それとな、本件は社内でも情報の拡散を憚《はばか》る。繰生には伝えておくから、以後のレポートは直接俺にだけ寄越せ」


席に戻った阿南は思案を重ねる。

広告会社の方から広告主に取引辞退を申し出るという通常あり得ない折衝は、実に難儀だった。辞退であるから、広告主が認める認めないの問題ではなく、手切れの結論は変わらない。しかし苦心の末にアカウントを拓いた阿南にすると、社命とはいえ掌を返すような態度は気が重い。新規取引でありながら大型キャンペーンを委ねてもらい、その結果世間が注目する成果を得たわけで、にも拘らず取引継続を断るのは、どう考えても広告屋として至誠に悖《もと》る。必死にすがって得た商いを自ら放棄する理由を、いったいどう説明したら良いのか。伊原の激怒は目に見えていた。

加えて阿南は伊原社長から常連面子に加えてもらう、一個の男としての厚誼を得ていた。進退は、会社人としてビジネス上だけではない、もう一つ別な重みがある。

さて、どうしたものか。

38

　しかしヴィンクラからの撤退は、その後唐突に発生した新局面によって、阿南の逡巡とは無関係に急展開した。社長から阿南に撤退が厳命された翌週、ヴィンクラの方から広告取引制度を大幅に改定する旨の一方的通告が届いたのである。

広告会社各位
平素御世話になりまして厚く御礼申し上げます。

さて此の度当社ではマーケティング業務の効率化を企図し、株式会社ヴィンクラコミュニケーション（以下ＶＣ）を新たに起業して本年十月からハウスエージェンシーとして活用する体制に変更します。

　これに伴い当社宣伝部は組織を廃し、マーケティング業務は当社社長室が一切を継承する事と致しました。

　十月以降の取引は全て提案社が、社長室から一件毎に発注書を得た後、ＶＣ宛の見積書を提出頂き、実施後の請求もＶＣ宛に行って下さい。

　尚、十月分からの御支払いは当社が裏書きするＶＣ発行の約束手形を以って行いますが、この際現行の取引条件を変更し手形サイトを三十日に短縮致します。

株式会社ヴィンクラ代表取締役　伊原旭

同封されていたもう一通は新設法人ＶＣからの文書で、同社宛の請求は総額九十億の媒体取引で八パーセント、同じく総額十億の制作取引には四パーセントの定値引きを要求していた。従来より手形サイトを短くした分、値引けという主張である。

ＶＣはヴィンクラと広告会社の間で行われてきた請求行為に介在するだけで、機能は何一つ果たさない。年間百億の広告取引の請求書を各社から受理し、四パーセントなり八パーセントを加算した自社の請求書を親会社に発行するだけ。つまり左から右へのペーパーワークだけで、ざっと七億六千万の不労年商を得る。「業務の効率化を企図」と謳いながら、その実広告会社の利益を吸い上げるのが狙いの制度改定だった。

しかし広告会社には従わざるをえない事情がある。

この時点でヴィンクラから毎月レギュラー出稿の受注を得ている広告会社は実に三十数社あり、これはヴィンクラがローカルテレビ局の広告扱いを意図的に分散してきた為だった。

インフォマーシャル枠を通販に用いるにはローカル局との粘り強い折衝が必須だが、ヴィンクラはこれを敢えて細分化し、代理店間で競争させる独特な政策を採ってきた。

この代理店の大半が「カバン外交」と呼ばれる零細代理店で、彼等にしてみれば八パーセントの定値引きは死活問題だが、取引停止よりはまだいい。

「不服なら去れ、代わりはナンボでも居る」と広告主から迫られると、彼らは耐えるしかないのだった。

この制度改定の発案者は、ヴィンクラの広告出稿実態を知悉《ちしつ》し、こうした零細代理店の弱みを見切った上で要求してきており、相当に阿漕《あこぎ》なのである。

阿南は憮然とした。

取引の改定は十月からであり、九月末に撤退する阿南達には何の被害も無い。しかし腹立たしいのは、各社が吐き出した利益がヴィンクラには一銭も還元されず、おそらく反社集団が吸い上げていく事だった。しかもワンウェイの永久運動であって、広告会社に取り返すチャンスは二度と無い。ここに至り、阿南は臍《ほぞ》を固めた。


四時を過ぎては滅多に会社に居ない伊原社長のアポが、珍しく五時半で取れた。

阿南がヴィンクラに着いた時、玄関で四人の男達と擦れ違う。中央の小柄な男だけが白のポロシャツにジーンズ。年配なのに真っ黒に日焼けして髪はマンバン、素足にクロコローファーは明らかに堅気でない。それを内側に囲む濃紺スーツの三人は、やたら図体が大きかった。

怪しい来客の余韻なのか、伊原社長の表情にはハッキリと憔悴が窺えた。

両目の下に大きな隈が表れて皮膚にも張りが無い。何より眼力が失せて別人のようであり、心労は人の容貌をこうまで変えてしまうのかと阿南は内心驚いた。法人利益を食い散らす集団に乗っかって自らも私腹を肥やしている男には、とても見えない。

「何や急に。回し勘弁して、言いに来たんか」

「ま、そんな処です」

「ふん、お前だけはそう言い出すかもしれん思うてた。そやけど何社が筵旗立《むしろばた》てたかて、別条《べっちょ》ない。全部の媒体社に口座を持つ代理店が一社受ける言うたら、この話はまとまるんや。回し、呑めません言うところは降りてもらう。お前んとこだけ例外てわけにはいかん」

「当然だと思います。なので今日は、回しの御容赦をお願いに来たのでなく、取引を辞退させていただく御挨拶に参りました」

「けっ。今回の主眼は媒体取引やで。お前んとこ制作メインやないかい。考えてもみい。制作費四パーセント下げても年間四千万しか変わらへん。しかし媒体費で八パーセント言うたら年に最低七億二千も安なる。しかも今後は媒体比率がごっつ増えるんや。それをやな、電話と伝票だけで済むお前らの商売に、なんで高率の手数料をいつまでも払わなあかんねん」

「御尤もです。ただ当社は各県の交通安全協会の他、警察ＯＢ団体からもお仕事を沢山頂戴してまして。受注を賜る前提に、いろんな誓約書を差し出しているんですよ」

瞬間、伊原社長の顔色が変わった。

「ほー、せやったらしゃーない。好きにしたらえぇ」

「はい、短い間のワンジョブでしたが、誠に有難うございました」

阿南は、単に儀礼でなく本気で頭を下げた。

伊原社長はデスクから分厚い封筒を取り出す。

「これ持ってけ。二三四入っとる。センの卓で、お前が走って二人が借《シャク》をこさえたろ。岡崎のカブで数字覚えとった。俺が債権買《こ》うたる」

阿南は思わず伊原社長を見上げた。自分が取引辞退を申し出ると予測した上で準備していたのだろうか？

「有難く頂戴します。貫目損得を離れてからが男の付き合いとか。また、いつでもお呼び出し下さい」

その時、伊原社長が微かに口辺を緩めたが、それが失笑か冷笑か、はたまた嘲笑だったのか。阿南には見分けがつかなかった。

39

盛夏を迎えても志堂寺と結城の金曜飯は続いていた。

志堂寺はグルメの単語を恥じるが、けっして安易に店は選ばず割烹・寿司・蕎麦・鰻のローテーションをきちんと守った。いずれも渋い店で、学生が気安く入れない場の経験は結城に貴重である。

しかし結城にとって相伴の価値は、飲み食いよりも志堂寺の謦咳《けいがい》に接する事にあった。志堂寺の見識は滋味に富むユニークなもので、他の誰からも得られない含蓄があったのだ。志堂寺の方も、孫と一緒に人生ゲームを改めて遊ぶような新しい愉快を感じていた。

「志堂寺さんは、議員秘書の前はサラリーマンをなさっていたんですよね？」

「秘書は四十過ぎてからだから、大学出て十七年はやったよ。就職したのが中堅ゼネコンで、最後の四年間は自治体に出向した」

「それで、メルマガはそっち系の情報が多いんですか」

「まぁ、そうしたわけでもないんだが。

ところで学生は、サラリーマンを大雑把に一括りで捉えるよね。規範に縛られつつ耐える人、みたいに想像しがちだが、サラリーマンも広いからなあ。金融と不動産と食品メーカーじゃ、風土も文化もまるで違う」

「ですよね。私もいずれ会社勤めするんでしょうが、選んだ業態によって受ける影響が違って、私の人格の仕上がり方まで変わっていくって、なにやら不思議です。銀行と先物取引とじゃ、長い間に随分と人が変わっていくもんでしょうか？」

「ははは。確かに、自分の生業だけにしか通用しない認識を、世間一般の常識と混同する人は多い。また、自分が属する組織の論理を押し付けている事に、何も違和感を覚えない者が最近増えた。社会のマナーより会社の掟、みたいにね。ただそれも、集団に染まりやすい者、変わらない者、人それぞれだ」

志堂寺は升酒を含んだ後、茶目っぽく言葉を継いだ。

「ところでサラリーマンは、どこの会社でも犬と猫に二分されるよ。犬は人に、猫は家に懐《なつ》く。阿南君なんか典型的な猫でね、家には居着くが人には媚びない」

「それって、飼い主が犬好きだったりすると可愛気ないと映りませんか？」

「うん、犬好きはペロペロ人を舐めたり、腹を見せて甘えたり、分かり易い可愛さが好きだから。しかも犬好き経営者は、不思議な事に自分と会社を同一化しがちだ。『会社には尽くしますなんて言うが、俺がその会社なんだよ』って老人は結構多いもん。しかもこの手合いは、『俺が歌ってるんだ、バックコーラスはもっと嬉しそうにやれよ』と社員に普通に求めるなぁ」

「うわぁ。確かに、阿南さんが体を斜めにワワワワとやってる姿は想像し難いですね。笠置さんも猫なんですか?」

「笠置君は犬だ。しかも滅多にいない名犬。但し愛玩犬の素質はない。超優秀な番犬、且つ忠犬だな。

問題は、飼い主が笠置君の真価に鈍感な点。いや、充分に理解しているからこそ敢えて頭を撫ぜないのかもしれない。私は昔からメッシーナと関わってきたので詳しいが、一軒の店から会社に育て上げて今の身代にしたのは偏に笠置君の功績だ。ライセンシーも外部業者も、それは皆が認めてます。

しかし、彼は若い頃から妙に奥床しいところがあって、功を全て社長に譲ってきた。バイト上がりの笠置君には、店主であり創業者の社長がずっと師父だったのかもね。

しかし、こうした笠置君の忠義が今後、法人の哲学とよく相容れるかどうか」

結城には親戚が居らず、年配者のリアルを身近に感じる事が無かった。だから阿南も笠置も渋くて頭の切れるオッサンと云う点では一括りだった。志堂寺から二人の違いを聞いて驚き、しかしすぐに納得する。阿南は常に切っ先を研ぎ澄まそうとし、逆に笠置はひたすら人の刃《やいば》を潰して生きようとしている。

その一方で結城は思う、自分は将来勤める会社で犬猫どっちを生きるのだろうか。

「皆さん、いろんな物を抱えておられ、その重さや多寡によって生き方が変わるんですね」

志堂寺は微笑んで応じる。

「うん、人は生きてりゃ自然と重荷を背負い込むよ。で、甲斐性と重荷は比例するから、有能な者程背負う量が増えて大変なんだ。

だけど、大変は面白いのよ。逆に大変でない人生は、かなりつまらん。絶望の嵐を耐え抜いて咲いた花の方が、小さくても大切に思えるもんです」


この日、志堂寺はいつもより多くを語った。三田の割烹を出て迎賓館に向かう途中も、運河を跨ぐ橋の上でふと足を止める。水の上を渡り来る風に、小声で呟いた。

「あぁ、今ほんの少し秋がにじり寄った」

思わず口に出た素朴な実感だったが、志堂寺はテレて結城に言い訳する。

「私は貧乏に鍛えられた夜風評論家でね。子供の頃長く新聞配達をやってて、炎天下の夕方に一瞬スッと吹く、違った匂いの風が夏の変わり目みたいで本当に嬉しかった」

「風情って、風の情と書きますもんね」

「夜風は風情だけじゃない、人を滾《たぎ》らせる時もあってさ。何かが爆《は》ぜて刃傷沙汰が起こる夜の予感は、まぁまぁ当たるもんです。私は過去に小倉《こくら》とニューオーリンズで怖いな、と思った事がある」

「えっ、今夜あたり、そんな物騒な気配があるんですか?」

「それは無い。ただ地面に近い下の方の闇が、今日は妙に厚くて濃いような気がする。気障に聞こえるだろうが『木下闇《こしたやみ》』って夏の季語があってさ、繁る木立の下は昼間も暗い、アレを言うんだがね。

今夜は、樹々の根本の空気が去らないまま夜になった、みたいな不思議な感じがある。それがどんな卦《け》なのかは分からんが、何かがハッキリ違っているようには感じます」

40

その夜志堂寺は過去に経験した事の無い、凄まじい不ヅキを迎えた。

志堂寺・笠置・阿南・釘宮・結城のラス抜け五人打ちで、志堂寺だけは出るとラス。そもそも毎局の配牌が「征く手」ではなく、自摸の勢いも皆無で、勝負形にならない。六巡目までに一面子も出来なくては捨牌二段目早々手仕舞いせざるをえず、点棒が増える要因が無かった。それでもかろうじて平静を保ち、技術で補って放銃は回避するのだが、毎回必ず致命的な親カブリを食らってしまう。稀に入る聴牌は、好調者から綺麗にスカされた。

ただ、志堂寺はやや意外に感じていた。記録的大敗の一夜になるわけだが、迎賓館への途中で感じた常ならぬ違和感はこんな事の予兆だったのかと。志堂寺が漠然と感じたのは、運不運とは異なる、今までと違った何かが訪れそうな予感だったのだが。

一晩中ラスと抜け番のテレコ状態が続き、午前四時を回って最終回と決まった半荘。座順は釘宮・阿南・笠置・志堂寺。結城が抜け番で、ラス半なのだから帰っても良いのに、笠置と志堂寺両方の手が観戦できる位置に座った。

釘宮と阿南がトップを争い笠置は配原《はいげん》、志堂寺のみ一万点を切って迎えた南三局。笠置の親番でドラは一万。笠置の配牌が、

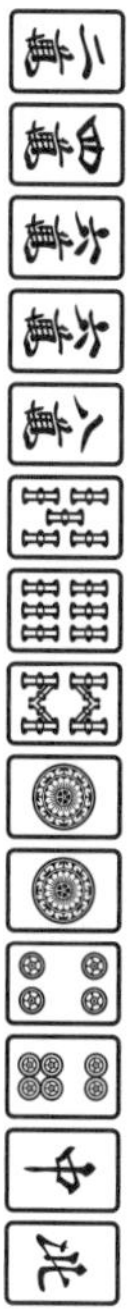

志堂寺の配牌が、

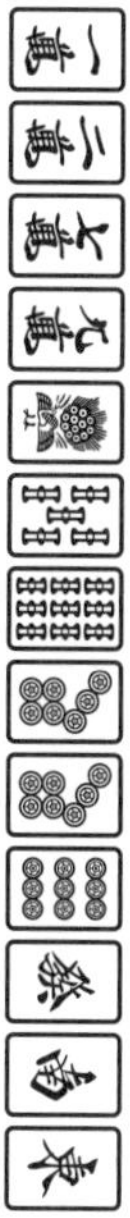

ドラ

結城から見て、笠置にはタンヤオ三色が仄《ほの》見えるのに対し、志堂寺の配牌は最終回に至るもクズ手だった。
志堂寺の配牌は、端絡みの手役の望みが無くもないが、下がり目の状態で純全帯三色が決まる筈も無いと結城は思う。親の笠置は、トップ目二人を押さえ込もうとスピード重視、愚形でも聴即リーチに来る。そうなると釘宮・阿南は前には出ない。必然、場は笠置中心で回るだろう。結城がそう考えたのと同じく、志堂寺は手詰まりに陥らぬよう中張牌から切り出して安牌貯め込みに掛かる。

七巡目、笠置が三色含みを巧くまとめて即リーチを打った。

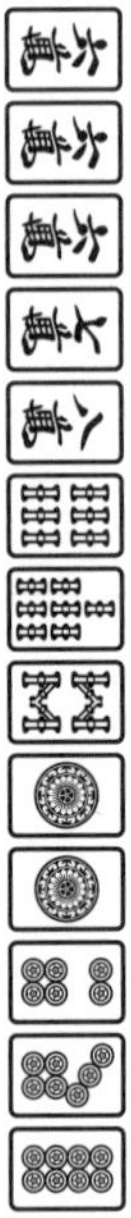

結城は推測する。本来なら三色確定にしたいが、笠置は早さを優先したのだろう。しかも四筒を捨てているのが味で、一筒を吊り出せば三色は崩れない。親リーと同時に釘宮、阿南はガッタリ降り始め、現物だけを淡々と捨て始める。

この時志堂寺の手牌は、

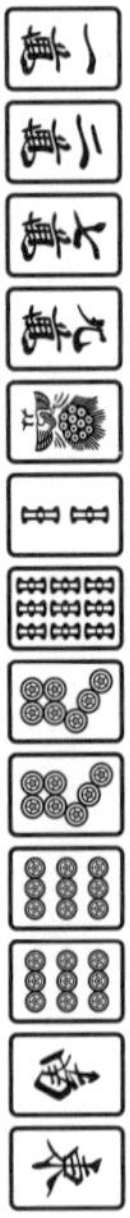

ドラ

ここに八万、九万と自摸り、更に一索を自摸った。

笠置の河には二万と四万と四筒があり、八万は釘宮と阿南が序盤に捨てている。ドラが浮いてしまうが、志堂寺は現物の二万を打った。

ところが次巡の自摸が一万。

五索の筋を信じて二索か。七対子の可能性を残して筋の七万打ちか。しかし八万は二枚切れで対子になりにくい。しかも四万の裏筋。ならばいっそ八万のワンチャンスで打九万か。或いは浮き牌の九索勝負か。

志堂寺が少考していたその時、異変が起こった。九万の二牌が動かなくなったのである。雀卓の下から意志のある柱が牌を貫いたようにビクともしない。

志堂寺が待望していたものが再び来たのだ。

「ふ〜ん、左様か。それにしても淀五郎だったなぁ」

笠置が反応する。

「何を待ちかねたんですか?」

「ふふふ、い〜もの」

九万が切れない以上、他は通る理屈だろうと、志堂寺は急に無筋を切り飛ばし始める。

十三巡目、異様な伸び方をした手牌は遂にドラ3の自摸スーにまで仕上がった。

しかし、ここで再び不思議が起こる。

七筒以外全ての牌が、根が生えたように動かなくなったのだ。

「ほ～ぉ、これはまた。餞《はなむけ》かな」

そう呟いて志堂寺が打ち出した七筒を見て、卓上の三人だけでなく抜け番の結城までもが
「餞」の意味を取り違えて受け取った。

つまり餞とは、応分の勝負手に育ってしまった志堂寺がリーチの笠置に向けて「これならくれてやる」の意味で言ったと理解したのである。

七筒の暗刻落としを始めた次巡九筒を自摸った。

九索を捨てていれば一発で四暗刻を和了っていたわけだが、志堂寺は一向意に介さない。導かれている先は、生涯初めての場所に決まっている。志堂寺は平然と七筒を連打する。
この二枚目の七筒手出しを見て、志堂寺の下家釘宮が突然手を停めた。笠置にリーチが入って以来、無抵抗だった釘宮の手はこの時ボロボロで形を成していない。元々この局は征く気に乏しく、親の攻勢を予測して凌ぎに徹していた。七筒を喰ったところで役は無く、聴牌にも遠い。だから前巡、一枚目の七筒はスルーした。しかし今、二枚目に釘宮は反応して牌山を睨み、唐突に考え始める。

結城は、この時の釘宮の呆けたような横顔に顕れた凄まじい集中力を生涯忘れない。

釘宮は決断し、七筒を嵌張でチーして安牌を打った。

ところが、このチーから局面は大きく変化する。まず、本来は笠置が自摸和了っていた安目九万が食い下がりで志堂寺に流れた。

志堂寺、遂に清老《チンロウ》四ッ単の聴牌である。

更に次巡、やはり笠置の和了牌一筒が食い下がった。

打九索。観戦していた結城は唖然とした。九索は無筋で、場に一枚切れ。（実際は阿南と釘宮が一枚持ちで、もう山に無かった）一筒は初牌だが、リーチの捨牌に四筒がある。

この状況下で志堂寺が何の躊躇も無く、瞬時に九索から一筒にスッとマチ替えした事が、理解を超えたからである。

兎にも角にも清老頭《チンロウトウ》、しかも四暗刻単騎なのだ。

結城はこれまでに三度、同卓で天和《テンホー》を和了られた経験があったが、清老頭は他人の聴牌形すら見た事が無かった。今、生涯に二度は無いダブル役満の成就を目前にした時、自分ならああも無造作に単騎を選べない。しかも結城の位置からは、喰い流れた一筒が笠置の当たりである事が見えているのだ。

実は志堂寺は、指から一筒がどうしても離れず、それ故の単騎替えだった。

志堂寺にしてみれば九万だけでなく一筒もリーチの当たり牌であると、何らかの意志に告げられた余儀ない選択だった。

「痺れるなぁ。何が囁くんだろうねぇ。しかしこうまでだと、はっきりラベルが違うな。スケジュールが大きいよ」

志堂寺のボヤキは、釘宮の捌きに舌を巻いたものだったが、その真意は結城以外の三人に伝わらない。

ここで志堂寺は気付いてしまう。元々リーチは六九万マチだろうと考えていた。しかし一筒も当たりであると。九万が志堂寺の手に暗刻だから双碰はない。

すると笠置のマチの牌姿は、六六六七八万一一筒の変則三面張となる。

である以上、志堂寺の一筒単騎は残り一牌しか無い。

しかも釘宮・阿南が一筒を打っても上家笠置が頭ハネするので実質はツモ専。圧倒的に不利なのであった。

もう一つ。ここまで釘宮の捌きは絶妙だったが、親の和了を防いだ結果、子がダブル役満を自摸ったらそれは大失着となる。あの釘宮が熟考した末に選んだ勝負手が、そうした陳腐な結果になる事を、志堂寺は想像できなかった。だとすると残り一牌の一筒は自分の自摸筋に無いのだろうか？

十六巡目、釘宮のチーで二度も和了を奪われた笠置の自摸が九筒。この時、結城は志堂寺が少しだけ前傾し、絞り出した発声を聞いて驚く。

「槓《カン》っ」

思わず「えっ？」と口を開いてしまった。

志堂寺の意図が分からず、その横顔を注視する。

ここに至り四暗刻を捨て、親の安牌を大明槓《だいミンカン》する理由は何なのか？

しかし、志堂寺がゆっくりと引き寄せ、静かに開いた嶺上牌はぴったり一筒だった。

41

志堂寺が迎賓館を出た時、階段の降り口に芙蓉子が佇《たたず》んでいた。

昔、快気祝いに贈った泥大島《どろおおしま》の単衣《ひとえ》を芙蓉子が着ていた事で、志堂寺は待たれた理由を一瞬で承知する。

「ほんの五分良いかな。いやさ、準備は抜かってないんだが、ほら、お出掛けは一声掛けてと言うじゃないか」

志堂寺は敢えて迎賓館から離れ、1ブロック先の公園まで歩いた。商店街の中央にある小さな公園入口の植え込みの縁に腰掛ける。志堂寺は、歩き慣れた道の両方を眺めた後、静かに空を見上げた。

季節は盛夏。時刻は午前六時。曇天無風、蟬の声は既に喧《かまびす》しいが商店街に人通りは未だ無い。程なく駅に向かう阿南がやって来て、志堂寺は片手を挙げる。阿南は一瞬、妙な場所に座り込んだ志堂寺の姿に、怪訝な表情を見せながら近寄って来た。

「阿南君、お迎えです」


この時もまた、阿南は呟きの意味を取り違えた。阿南は、志堂寺が何故か自分を待っていたと勘違いし、その後長く自らの鈍感を悔いる。

志堂寺はウェストポーチを外して阿南に差し出す。

「鍵は全てこの中にあります。小さい方の金庫を開けたら、お願いしたい措置を記したグレイのレターが一番上にある。必ず最初にそれを読み、その後で携帯に登録している本家代行に電話して下さい。そこからは私の後輩が一切をやってくれます。順番は間違わずに、急いでね。碁盤も」

そう語り終えると、志堂寺はゆっくり息を吐いた。

阿南は碁盤と聞いたこの時、初めて事態の急に気付く。やおら志堂寺の両肩に手を置き、

「志堂寺さん、大丈夫ですか、聞こえますか」

耳元で繰り返した。


志堂寺には、阿南の呼び掛けが既に遠い。生の声ではなく船内の伝声管を通したようにくぐもって聞こえる。

次の瞬間、鶴見近辺だろうか、志堂寺が訪れた事のない臨海工業地帯の満艦飾のように輝く夜景が目の前一杯に広がり、それがポツポツと少しずつ消灯していく風景が浮かんだ。

志堂寺の手は、芙蓉子が柔らかく握ってくれている。その温みは、久しく希《こいねが》ってきたものだった。今は怯えも、残す思いも無い。

「あぁ、悪くないねぇ。今際《いまわ》の際《きわ》、斯くあれかしだ」

その、か細い一言が届いた時、阿南は肩を揺するのを止め、志堂寺の体を掻き抱いた。

嗚咽《おえつ》は声にならなかった。

42

謹啓
我等の大先達である志堂寺寧氏が一昨日早朝心筋梗塞で急逝されました。

享年七十四。早過ぎる旅立ちは誠に残念ですが、故人にはかねて覚悟があったようで見事な大往生でした。故人の遺志により通夜葬儀等一切の儀式は行わず、今後墓も建ちません。ただ、これまでに厚誼を得た面子で、来る金曜夜、杯を捧げたく御案内申し上げる次第です。

頓首

「卓上で志堂寺さんを偲ぶ集い」発起人　笠置俊孝

敏江が配信した一斉同報に応じ、昔からのフリーA卓常連を含め九名が集まる事となった。当日敏江は、結城にだけ偲ぶ会の開始三十分前に来るよう伝えていた。これは阿南からの要請で「結城君に話す事がある、敏江さんも同席して下さい」と言われ、敏江は用件を察していた。


きちんと黒スーツ黒タイで来た結城に、阿南が語り始める。

「今日、君だけ先に来てもらったのは、故人の遺志を伝えるためでね。短い付き合いだったが志堂寺さんは君を大層気に入り、一方でちょっと心配もしていた。でね、俺を付き合わせて公証役場に行ったんだ。今から二カ月前だから、内心期するものがあったのかな。

とにかく俺を立会人にして作成した公正証書には、志堂寺さんの遺産を相葉敏江さんに遺贈すると書いてある。亡くなった敏江さんの御主人と志堂寺さんの付き合いは古く、志堂寺事務所開設の際に随分お世話になったらしいから、遺贈は尤もな措置だろう。

但しこれには口頭の補完条項が付いていた。敏江さんに遺贈されるのは千七百六十万円の現金だが、補完条項とは此の内六百万を結城君の留学費用に使って欲しいとの事だった。返済無用の奨学金としてさ」

敏江は心底驚く結城を見た。

「ちょっと待って下さい。いぞうって遺産を相続する事ですか？」

「うん、正確に言うと法定相続人が遺産を引き継ぐのが相続。相続人以外が譲り受けるのが遺贈だよ。志堂寺さんには身寄りが無く、相続人の居ない財産は国庫に収公《しゅうこう》される。辛抱してせっせと貯えた財産をオカミにガメられるなんて、そんな馬鹿な話は無い。だからこその遺贈なんだ」

「しかし、なんでまた僕なんでしょう？　そんな事をして頂く資格も価値も、自分には無いです」

「あのさぁ、資格や価値云々を俺は知らんよ。故人から託された遺志を遺贈義務者として実行するだけ。そう約束したからね」

「お話は一応理解しましたが、なかなか納得できるもんじゃないです。だってバイトに雇ってもらって、まだ二カ月ですよ。それを、故人の遺志だからお受けしろと言われても、そうですか有難うございますとは言えないでしょう」

「志堂寺さんはね『豎子《じゅし》救《すく》うべし』と仰ってた。豎子とは若造って意味だ。君の賢さと脆さの両方を愛でつつ、若い時ならではの試練に挑み、それを踏み台に大成して欲しいと語っておられた。有難い育《はぐく》みじゃないか」

「志堂寺さんからは短い間にいろんな事を教えていただきました。たぶんこの先、誰からも学べないような事ばかりで、深く感謝しています。だからこそ尚更、お金まで頂戴する事に抵抗があるんです」

「ふ～ん。驚いたねぇ。台詞まで読み筋通りだもんな。志堂寺さんは、君がそう言って固辞すると読み切っていたよ。その場合、君には志堂寺さんの本業を説明しろと、俺は指示を受けている」

「志堂寺さんの仕事って法律コンサルタントじゃないんですか？」

「う～ん、彼のビジネスを敏江さんや君に説明するのはちょっと気が退けるんだが、まぁ仕方ない。彼はB勘屋《ビーかんや》でしたよ。それも日本一誠実で安全な」

敏江も結城も初めて聞く単語であり、アルファベットが混じる屋号を珍妙に感じた。

「B勘屋とは、表に出せない金を扱う商売だ。表がA勘定で、それに対するB勘ね。あなた方は知らなくて良い事だが、世間には捻出しなきゃならんB勘の欲求は様々ある。志堂寺さんが日本一誠実で安全と言ったのは、事務所の法人税も大枚の個人所得税も、全部キッチリ払った上で、金を還流していたからだよ。

例えば或る法人が議員先生に頼み事をし、先生は汗かいて依頼を果たす。当然タダじゃなくて、頼んだ法人は志堂寺事務所と顧問契約を結ばされる。この契約は、志堂寺事務所が各種専門知見を法人に提供する知的役務《えきむ》であって、議員が企業の為に働いた行為とは完全に切り離されているのがミソだ。

仮に顧問料が月に二十万円でも百社あれば年間二億四千。志堂寺さんは、この内かなりの率を段ボールに詰めて戻していたんじゃないかな。御自身は遊興とも贅沢とも全く無縁の暮らしをストイックに続けてさ」

敏江は驚いた。初めて聞く話である。

結城はアッと思った。あの膨大なメルマガは顧問行為のエビデンスだったのだ。

阿南が続けるのを、結城は黙って聞く。

「通夜も葬儀も何にも行わなくても、人が亡くなれば火葬許可だの死亡届だの、煩瑣《はんさ》な仕事はゴマンとある。それらを全部、志堂寺さんの後輩秘書達があっと言う間に完了した。その理由は、志堂寺事務所には銀行に預けられない現金が相当あったからだと思う。事務所にあった物は、本当に小骨一本残さず綺麗に持って行ったよ。

で、二つだけ残った内の一つが遺贈金の通帳でね。志堂寺さんは生涯大金を動かしながらも、自身は清貧に徹していた。己を虚しくする事を弁えた、それは見事な人だったよ。

その志堂寺さんが、御自分の年金まで差し出しながら、これだけは全く別として後輩達から奪われぬようきちんと分け、しかも後進に役立てて欲しいと望まれた。志堂寺さんのその遺志を、それでも結城君は固辞するかな？」

結城は頭を下げたまま長い間沈黙を続けた。

再び頭を上げ、阿南に向かって口を開いた時、結城の眼は赤く潤んでいた。

「小賢しく申しました。お許し下さい。仰せの通りに従いますので宜しくお願いします」

この瞬間、敏江は結城に対する態度を改めた。

その上で言葉を継ぐ。

「私にも降って湧いた話で、公正証書の同意を求められた時は驚いたんです。今初めて明かしますが、来春にはこの店を閉めると決めましたから、遺贈をお受けする理由が無いともお伝えしました。でも、生前の志堂寺さんと、阿南さんの二人から諭《さと》されてね。

志堂寺さんからお聞きしていましたが、結城さんは都市緑化をやりたいんですってね。できればドイツで学んで欲しい、スペインは必ず見ておくべきと志堂寺さんは仰っていました。六百万円に拘らなくて良いです、どうか存分に自己投資して下さい」

結城は繰り返し何度も頷いた。

その後、阿南に対して言いにくそうに尋ねる。

「志堂寺さんが残されたもう一つとは何だったのですか？　私なんかより阿南さんとの仲がずっと深いわけで、阿南さんを差し置いて遺贈を受ける事に、やはり戸惑いがあるんですが」

阿南は微笑んだ。

「もう一つは、俺に譲られた碁盤だよ。貰って驚いたが、盤の裏の血溜まりを挟んで両側に、対局者名が墨黒々と書かれていた。昭和初期の本因坊戦の番碁に使われた碁盤だったのな。

可笑しかったのは、志堂寺さん発俺宛の碁盤借用書のコピーが封筒に入れて碁盤の裏に貼り付けてあってさ。後輩達が持って行く事を怖れ、いつの間にか俺が碁盤の所有者で、志堂寺さんに貸している態《てい》になってた。なんとも周到なんだが、志堂寺さんはそうした人だったんだよ」

志堂寺を偲んで集まったフリー卓メンバー九名の内、B卓は笠置・阿南・釘宮・結城。残りA卓五名は全員が七十代だった。十年前は二卓成立も珍しくなかったが、A卓面子は杜さん以外、もう年に数回しか来店しない。

B卓で面子を待っていた時の志堂寺の固定席には、故人が好んだ鶴齢《かくれい》を注いだ茶碗と、同じく愛した白い犬鬼灯《いぬほおずき》一輪が置かれていた。

独り起立した笠置がゆっくりと語り始める。

「諸先輩を前に献杯の辞を捧げるのは烏滸《おこ》がましい限りですが、今から申し上げるのは私しか知らない事ですので、どうかお許し下さい。

志堂寺さんとは、この界隈を幾晩も呑み歩きましたが、その都度私はいろんな知識を授かりました。或る晩、死について話し合った事がありましてね」

ここで笠置は一旦区切って携帯を開き、保存している一行を読む。

「吾れ死なば　焼くな埋《うず》むな　野に捨てて　飢ゑたる犬の腹を肥やせよ

この一首を教えて頂きました。

これは後で調べたら、堺の遊女地獄大夫の辞世とも、小野小町や安藤広重作とも伝えられて真実はよく分かりません。どうも正しいと思われるのは、昔からあった作者不詳の道歌《どうか》のようです。道に歌と書いて、道徳だったり教訓だったりを教える三十一《みそひと》文字です。

私がこれを面白いなと携帯にメモろうとすると、教えてくれた当の志堂寺さんが『メモするまでの価値は無いよ』と。志堂寺さんは、人に教えを垂れる道歌自体を『僭越だよね』と言い捨てられ、その上こうも語られました。

『自分の死にようを、あれこれ言挙《ことあ》げする事はないのです。犬の餌になりたいなら、黙って喰われてりゃいい。それを文字に残すのは、私の死はこうですと人様に告げずには死ねないからで、サラッとしていません』

なるほど言われてみればその通り。私は志堂寺さんの博識と共に、クールな上分別《じょうふんべつ》にも感じ入ったのでした。

またこの時、志堂寺さんは臨終についても触れておられます。

『電池切れの豆電球はまず明滅を始め、その内スッと消えるよね。人の臨終も同じで、単に生体エネルギーが切れるだけ。残る魂魄なんて、ありゃしません。蠅や蚊に魂が無くて、人にだけあると考えるのは笑止でしょう』

これもまた見識で、以来私はずっと受け売りしてきました。何処でもウケましたよ」

笠置は携帯を置き、茶碗を手にした。

「臨終に立ち会えた阿南さんの話では、将に御本人が願っておられた通りの大往生だったそうです。私は断腸の思いで逝去を惜しむ一方、最期の時を虚無恬淡《てんたん》、端然と迎えられた事に対し流石お見事、良かったですねぇとの思いもあるのです。

では皆さん、畏友志堂寺寧さんの彼岸への旅立ちを見送る惜別の杯を、捧げたく思います」

44

志堂寺追悼の夕べを境として迎賓館には大きな変化が起きた。

あれだけ負け続けていた結城が、一転凄まじい勢いで勝ち始めたのである。これまでの忍耐はこの暴発を待っていたかのようで、誰も対応し切れない圧倒的な早さで引き上がる手は悉く重い。

元々結城の麻雀は勝ち味の早さとゲーム回しの巧さが身上である。一旦リードを得るや飜を下げ、手を軽くして機動性を発揮し、他家の勝負手を封じて場を管理しようとする。

ところが結城のこのフォームはB卓で跳ね返された。管理できる相手ではなかったのだ。B卓で結城が走ると、すぐさま三人がそれぞれの形で圧を掛けてきた。それも蔵前倶楽部とは比較にならない重圧で、さらに三人が共闘したように足並みを揃えて包囲を始めるのだった。結城は早いだけの安手なのに、三人の誰に打っても致命傷になる。持ち味の仕掛けが、却って破綻を招く原因になっていたのだ。

しかし結城は自らの手筋を変えない。生涯の連敗記録を大きく上回っても、不可避の損傷率が一時的に偏っただけと耐え続けた。逆風の日陰に入ったからと言って、歩き方まで変えてたまるか。この辺は、頑固と言うより傲慢だった。

しかし結城の主観と、雀卓上の客観はまるで違う。Ｂ卓の三人は、いずれも違った視点から結城の変容を捉えていた。

阿南は「結城がゆったり攻め始めた」と感じていた。囲碁で言うなら、常に実利を追う辛《から》い棋風だったのが、将来利益に望みを託す大らかな碁も多く打つようになった。要は、一つ型への固執を捨て、意図的に柔軟であろうとし始めている。

そう思った時、阿南の脳裏に懐かしい口癖が蘇った。

『取らないキメない志堂寺ちゃん』

そうか、ここに宿ったのかと阿南は微笑む。


笠置の捉え方は似ているが、微妙に違った。

結城は大きく負け続けている間も自らのフォームを崩さず、逆にその順守を異常に厳しく自分に課してきた。笠置は、結城があまりに頑なである点が連敗の要因とも観ていたが、ここに至り「急に緩める事を覚えた」と感じていたのだ。

注意して見ていると、仕掛けておきながらのノー聴が何度もある。以前は貫こうとする主義に囚《とら》われて硬直気味だったのが、途中から退いたり止めたり自在になったのを感じる。

この自在が笠置には厄介だった。剛速球一本の投手がスライダーを混ぜ始めるのはよくあるパターンで、軌跡が分かっている変化球への対応は難しくない。しかし結城が覚えたのは、フォームを変えず球だけが来ないチェンジアップの類だった。

線路の上に立つと正面から向かって来る電車の速度は分からないものだ。同様に雀卓の上で来ているのか来ないのか判然としないのは、それだけで対処は複雑になる。来る気無しと観たのが、実は真っ向勝負構えになっていた時の被害は大きいからだ。つまり進退の気配が分からなくなった結城への対応負荷は倍化したに等しく、その実感を結城が一つ化けたと笠置は感じていた。

釘宮の観点は、笠置や阿南とは異なるものだった。そもそも釘宮は卓上の仮想敵が他と違っている。他家三者との争闘より、自分をどう御していくか、自摸とどう折り合うかの方に重きを置いているのだ。

釘宮における闘牌のイメージは、四人別々の登攀ルートから山頂を目指す競争に近い。登頂成功者は一人だけ、誰も成功しない場合もある。他のルートを登る者の行動分析は重要だが、自らの調子の管理や、自分が辿る道の状態を正しく予測する事はもっと大切なのだった。

結城の和了形を見ると、無個性の両面より味のある嵌張辺張を選んだ局面が増えていた。牌山に何が濃いかを懸命に考え、見た目の数学的有利を捨て始めていると釘宮は理解する。

まだ粗削りだが山を読み始めている。いずれ精度を上げる工夫を自ら編み出すだろう。それは微笑ましい。しかし結城が育った時、自分はきちんと打てているだろうか。

そこに思い至って釘宮は暗然としてしまった。

45

十一月に入って敏江は迎賓館閉店の準備を本格的に始めた。所轄警察署に赴き、諸免許の返納について確認する。雀荘を終業するには、俗に謂う三点セットが要るのだ。

警察署に風俗営業許可を返納。

保健所に飲食店営業許可を返納。

税務署に個人事業の廃業届。

これら届け出は閉店の翌日以降速やかに行わねばならず、遅滞は罰金処罰の対象になる。オカミ相手の作業にはまだ充分猶予があったが、店舗賃貸の解約通告は急ぐべきと、これは笠置から助言を得ていた。

寂《さび》れた商店街の外れ、築五十年超えモルタルビル二階、無駄に広いワンフロアに新たなテナントはなかなか見つからないだろう。亡夫の代から二十年以上借りてきたのだから、閉店意思が変わらないなら大家への通告はなるべく早くするのが礼儀。

これが笠置の意見だった。

案の定大家は不動産屋を通じ、家賃を二割下げるので契約を二年延長してもらえないかと打診してきた。

「ごめんなさい。雀荘を一人でやっていくには、いろんな意味で限界が来てるんですよ。亡くなった主人からの長いお付き合いですが、どうか悪しからず御理解下さい」

その翌週、所轄署の生活安全課の刑事が突然迎賓館にやって来た。

店に入って来た時、商店会の役員が何かの連絡で来たと間違えたくらい地味で特徴の無い男だったため、IDを示されて敏江は驚く。同時に来店の意図が分からず、瞬間的に緊張した。毎週金曜だけ、しかも常連メンバー限定とはいえ、徹夜を許している実態は風営法違反に違いなく、敏江は後ろめたい。しかし、こんな場末の小箱を咎めるより摘発すべき雀荘は他にいくらもあるだろうに、とも思う。

同時に敏江は、笠置から聞いた歌舞伎町の雀荘一斉手入れの話を思い出していた。数年前、靖国通りの向こう側限定で午前一時に警察が立ち入ったが、貸卓専門とフリーでもピンのワンスリーで統一された店はきちんと見逃されたらしい。

「今時あるんですねぇ。やっぱり『そのままそのまま』って言いながら入って来るんですか?」

「そうだよ。あれは、賭場に踏み込んだ時の昔からのキマリ文句みたい。時代劇の捕り方の御用だ御用だとか、獄吏のキリキリ歩けと同じだね」

「何故、動いちゃダメなんでしょう?」

「動くなってのは、要は現場保存だろう。麻雀は後精算だから卓上に現金なんか無い。それでも賭博の現行犯と見做すのは、予め内偵で高レートを把握してるからだよ。点数表は証拠品として押収されるらしい」

「チップは持っていかないんですか？」

「どうだろな」

「でも賭け麻雀って、客も店もそんな大罪じゃないですよね。なのに大掛かりな一斉って、やはり見せしめ効果でしょうか？」

「それも無くはないだろうが、歌舞伎町の例は雀荘の摘発がメインじゃない気がする。別件捜査で、しかし一軒だけ入るわけにはいかない事情があったのかもね。捜査意図が透けたり、情報源が割れるのを嫌って、全部に投網《とあみ》を掛けたんじゃないかな」


しかし、迎賓館に来た刑事の用件は全く別種のものだった。

「お正月の松飾りね、アレを売りに来ても今年から買わないでもらいたいんですよ。そのお願いで各店を回っております」

「縁起物だし、毎年のお付き合いと思っていましたが、何か障りがあるのでしょうか？」

「いや、支障とまでは言いませんが、一部のお店から『断り難い圧を受けている』との通報がありましてね。理不尽な言い値の品物を威圧的に買わされている、反社の資金源ではないかとまで言われたら、警察も仕事せにゃなりません。アレだって原価はタダみたいなもんですから、数をこなしゃ儲けはそこそこ出ますし」

「熊手は良くて松飾りはダメなんですか？」

「アハハ、熊手は所管外なんです。

てのは冗談で、熊手は皆さんの方から買い求めに出掛けるでしょ。押し売られてない。まぁ長年のお付き合いもあるでしょうが、こうして警察が足を運んでお願いしに来たと、そう御理解願いたいわけです」

「分かりました。御指導、理解しました」

「でね、売りに来た若い衆に一々説明するのは御手数でしょうから、コレ持って来ました。牡丹灯籠のお札じゃありませんが、カウンターの脇にでも貼っといて下さい」

渡されたB5のコピー用紙には、刑事の名刺が紙いっぱいのサイズに拡大されていた。

46

師走も半ばを過ぎた頃、揃いの刺し子の長法被《ながはっぴ》を着た若い衆二人組が、松飾り二本を持参して迎賓館を訪れた。店と自宅に一本ずつ、祝儀一万円を添えて毎年三万円を渡すのは、亡夫が昔決めた習わしだった。

例年だと松飾りを受け取った後、折り目正しい御礼言上を受けるのだが、この日は店に入って来た瞬間、兄貴分が若い方を押し止める。二人とも急に表情を強張らせた視線の先には刑事の名刺コピーがあった。

「失礼しました」

二人声を揃えて一礼し、そそくさと店を出て行く。

敏江は慌てて用意の封筒を持って追いかけたが、急ぎ足の二人との距離は既に開いていた。二人の名前を知らない敏江はどう呼び止めて良いか分からず、咄嗟に、

「神農《しんのう》さーん、ちょっと待って」

と叫ぶ。生前の夫から、

「面と向かってあの人達をテキ屋と呼ぶのは失礼なんだ。露天商は正業なんだから」

と聞いていたのを覚えていたからだった。振り返った二人は怪訝な表情で敏江を見つめる。

「松飾りは頂戴します。今年もそのつもりで用意して、お待ちしてましたから」

兄貴分が応じた。

「でも貼り紙がありました。御迷惑でしょうに」

「あれは刑事さんが置いていったんです。貼れと言われた物をそうしなかったら、私らの商売、警察に風《ふう》が悪いでしょ。

でもね、資金源だのなんだの言われても、私には少し考えもあるんです。亡くなった主人から教わりましたが、皆さんは路傍で汗をかいて物を売られる稼業人。博打が生業の渡世人とは違うって」

これには二人とも笑った。正しい理解だが、面と向かって言われたのは初めてだ。

「売り手買い手の双方納得ずくを、警察からアレコレ言われる筋合いはありません。ただ、お店は来年三月で閉める事にしました。

主人存命中からの長いお付き合いでしたが、御縁は今年限りになります。今までお世話になった御礼の気持ちを僅かばかり足しておきましたので、少ないですが一杯召し上がって下さい」

二人は、差し出された封筒（五万入っていた）を受け取って良いものか、じっと見ていた。

翌日の開店直後「寒空《さむぞら》」を名乗る団体から、一晩貸し切りの予約が入った。六卓使って忘年麻雀大会を開きたいと。昔は企業の接待や社内懇親イベントとして多かった麻雀大会だが、昨今は学生卓の小規模納会しか例が無い。

敏江にしてみれば有難い予約だが、サービスの人手が不安である。六卓二十四名のお茶を淹れて配るだけでも相当な手間なのだ。まして法人の麻雀大会は酒食が必須であり、その給仕はとても一人で賄いきれない。臨時アルバイトに応じてくれそうな候補は無かった。

その不安を察してか、電話口の幹事役は切り出す。

「私を含め幹事団は五名おりまして、お運びから一切やらせていただきます。飲み物は全て缶。温冷二種のドブ漬けを用意し、湯呑みもグラスもお借りしません。食事は一人前の寿司を取って桶を幹事卓に積みます。そちら様御指定の寿司屋では無理でしょうから、申し訳ありませんが、当方存じ寄りの店を使わせて下さい」

要は純粋に貸席だけ、雀荘としては有難い予約だったので敏江は一卓一時間千六百円、六卓五時間で四万八千円の料金案を申し出た。

しかし幹事の言い分は、貸し切りなのだから七卓分取ってくれと。しかも準備と撤収の時間が要る、拘束は七時間計算が当然と言い張る。その上で、

「レストランにはワインの持ち込み料があります。飲食の売り上げを落とさないのですから、代わりに応分をお納め願えないと、私の仕切りには色味が無いとお叱りを蒙るんです。当日お騒が

せするのが幹事含めて三十名。場代の積み上げ方式でなく、全体の席料として合切で一名単価四千円、総額十二万円でお受け願えませんか」

敏江は諸々行き届いた配慮と小気味良い応対に感心した。この客は麻雀大会だけでなく催事全般に手馴れ、細やかな神経を張り巡らせるのだろうと思った瞬間、寒空の予約名に思い当たった。

珍しい名称は、関東露天商の名門寒空一家ではないか。忘年会を、急遽迎賓館での麻雀大会にしてくれたのは、昨日の松飾りの一件に対する粋な返礼なのだ。


迎えた忘年麻雀大会の当日。敏江は邪魔にならぬようカウンターの奥に引っ込んだ。背に寒空と染め抜いた半纏《はんてん》の幹事団が、実に手際良く働く。彼等は麻雀に参加せず、徹底して裏方を務めるのだが、その段取りと分担は全部入念に練られていたのがよく分かった。

飲料のドブ漬け用氷柱まで持ち込んでいたし、熱い方にはお茶、缶コーヒー、スープ、甘酒、お汁粉まで揃っていた。お茶が複数種多銘柄なのに、缶コーヒーはあのＵＣＣ一品である事の不思議を敏江が尋ねると、

「夏冬外で飲む我々は、この甘ったるいミルクコーヒーじゃないと飲んだ気しないんです。微糖やストレートなんて買って来ると、殴られるまでありますから。全国の大工や鳶、解体もたぶん同じでしょう。我々の需要があるから、この昔風の商品をずっと残してくれてるような気がしてます」

開始三十分前には参加者全員が着席し、幹事が当日の説明をテキパキ行った。その後は誰も私

語を交わさず、奇妙な沈黙が続く。

六時五分前に一団のトップと思われる老人が現れた。店に入った瞬間、全員が一斉に起立して迎える。幹事代表が「今日は有難うございます」と礼を述べ、全員が同じ角度で立礼した。

老人は長身痩軀、長い銀髪のスキンフェードが飄々《ひょうひょう》と軽く、枯れた色気がある。そのファッションはとても老舗神農商の長とは思えない若作りで、オフホワイトのコーデュロイパンツの下にエアジョーダンを履き、黒のコーチジャケットはライムシンディケイト。

襟元にはエルメスのスカーフの赤を少しだけ覗かせていた。

老人は片手を挙げて全員に着席を促した後、

「みんな今年も御苦労さん、今日は楽しんでね」

実に素っ気ない挨拶で大会は始まった。

敏江は早速、幹事席に座った老人に挨拶する。

「今日は貸し切りにしていただき有難うございます」

「あぁ、寒空丞《たすく》です。亡くなった相葉干城さんとは、この店がオープンした頃からのお付き合いでしてね。松飾りを最初にお届けしたのは私なんで。御主人は『縁起物を運んで来たんだ、湯茶じゃ験《げん》が悪かろう』と必ず茶碗酒を一杯振舞ってくれました。誠に渋く仕上がった方でしたよ」

「そうでしたか。全く存じ上げず、これまで不調法ばかりで申し訳ありません」

「いえいえ。若い衆から聞きましたが、奥さんの啖呵は時節柄身に沁みました。お店を閉めなさると伺いましたが、ホント長い間有難うございました」

麻雀大会は十一時過ぎに終了、残った幹事連も十一時半には撤収した。

敏江は、客が後片付けまでやるべきでないと断ったが、灰皿を洗うバケツから各種分別の大型ゴミ袋までを持参し、店から一切のゴミを運び出す手際を見ては委ねるしかなかった。

しかも取り決めの十二万円とは別に、御供《おそなえ》と墨書した封筒に三万円が入っていた。

祝儀の包み合いになってしまったが、有難く頂戴するしかない。

47

寒空一家貸し切りの翌日は「蔵前倶楽部」の忘年雀が続いた。

年に一度、現役とOBが一堂に会する多面子打ちは長年続いてきた名物行事で、今年の予約は四卓だから参加総数は十八、九名になるのだろう。

ただ、この年の忘年雀は金曜だった。貸し切りではないからB卓と重なる。

敏江は幾分躊躇《ためら》いながら結城に電話した。志堂寺が亡くなって以降、金曜B卓の成立は結城が入ってギリギリの状態であり、事前の確認が毎週必要になっていたのである。

「結城さん、今週はどうされますか？」

「伺いますよ」

「蔵前倶楽部の忘年雀の予約と重なりましたが、どちらで打たれます？」

結城の応答には一拍の間があった。

「フリー卓に参加します」

敏江はハッとした。結城の反応は、忘年雀開催を知らなかったように思えたからである。余計な事を伝えてしまったのか？　結城は、忘年雀の方に出なくても構わないのだろうか？

敏江が案じた通り当日の迎賓館には微妙な空気が流れた。

店のレイアウト上、入り口に近いフリー卓の横を通らないと奥の学生卓に行けず、またトイレの都度、学生達は結城の顔を見て行く事になる。滅多に迎賓館に来ない学生は不思議そうに結城を眺め、逆に常連の学生は視線の交差を避けているようだった。

ただ一人、切れ長の眼の女性にだけ結城は小さく会釈したが、しかし彼女の眼は結城を咎めているように敏江は感じた。


結城は内心煩わしかった。

眼を合わせない先輩が全員、結城に大口債務を抱えていたのである。

蔵前倶楽部には月締め集金方法の一つに「直納」という、敗者が負け頭の集金係を通さず勝者に直接払いにする慣習があった。負け頭には集金手数料である落とし一割だけ支払い、その代わり負け頭は敗者と二人で連署した一札を勝者に渡す。一札とは金額と支払日を明記した約束手形のようなもので、貸借を相対にせず負け頭も介在して記録に残す。

勝者側メリットとしては、負け頭への落としを既に敗者が負担しているので、取り分が一割増す。直納といいつつ実質は、一割利息が付いた負け金のジャンプ要請なのだが、この一札メールが結城の手許に相当数溜まっていたのである。

債務者は、迎賓館で自分に会ってきまりが悪いのだろう。しかし、ああまで露骨に顔を背けなくても良いだろうに、と結城は思う。

一方明実の立腹は、自分に忘年雀の通知が届かなかった事を知らないからで、これは話せば分かってくれるだろうが、言い訳がましいのが面倒。そう思っていたら、翌朝明実の方からメールが入った。二十四日夜九時四ツ谷駅まで来いと。

イブの晩に説教かよと結城は気が重く、一方的な呼び出しに憮然としたが、自分に非は無い事を、明実だけにはこの際ハッキリ伝えておきたい気分もあった。


九時少し前に明実は現れた。結城は、明実がイブのミサ帰りと聞いて少し驚く。

何を信仰していようと不思議はないのだが、あれだけ進退鮮やかな麻雀を打つ明実と、敬虔《けいけん》な信徒のイメージが重ならなかった。

「寒い中を待たせてゴメン。ちょっと話があるから一杯呑もうよ」

連れられて入ったのは、しんみち通り外れの蕎麦屋だった。

明実は結城に選ばせず、熱燗二本と焼海苔、揚げ出し胡麻豆腐と穴子白焼きを注文する。

「イブの晩、蕎麦屋で熱燗は渋いですね。でも宗教者には大事な日なんでしょ。僕なんかと居て良いんですか」

「分かってないね。その僕を含めた皆が大事だから、お節介にも出張ってるのにさ」

結城が先輩に注ごうとした銚子を制し、明実は手酌で盃を口に運ぶ。

「あんた、忘年雀に呼ばれてなかったんだってね。あの晩別卓で打ってるのを見て、最初はなんなんだこいつ、と思った。ところが聞いてみたら誰も声掛けしてなかったのが分かって。で、調べたのよ。忘年雀は最近案内がメールなんだけど、今年はあんた含めて三人のアドレスがリストから漏れてた、てのが幹事の言い訳でさ。あんただけ選んで外したわけじゃない。迂闊だったけど下衆《げす》じゃなかったと、まぁ根に持たないで欲しいわけ」

「はい、根に持ってません」

「たださぁ、漏れた他の二人は口コミで伝わって当日来た。あんたは誰からもフォローされなかった。この事実の方が双方にとって大きい」

「すみません、僕に可愛げが無くて」

「双方って言ったよね。あんたに伝えてあげなきゃとは誰も思わなかった。その関係性が問題なんだと思う。で、更に調べたの。そしたら、あの日集まった十九人の内、現役が十六人。その大半があんたに借金残ってる事が分かった」

「全部で十三人です」

「総額は幾らあるの?」

「二百万を少し超えてます」

「やっぱりねぇ。リストあるんでしょ、見せて」

結城は、何時支払いが行われても良いように持ち歩いている貸金リストを出した。

「あら〜、これはひどいわ。いったいどう始末をつけるつもりだったんだか」

「僕からは、払って下さいと言わないんで」

「あんたはそうでしょうよ。でもね、仮に千点十円でも賭けてた以上は払わなきゃ。お正月のミカンの取り合いとは違うよ。私が代わって詫びる立場じゃないんだけど、後輩のあんたには申し訳ないと思う」

「いえいえ、そこまでの事だと思ってませんから」

「いや、あんたがどうあれ、これは放っておけない。春には債務者の半分が卒業するのよ。後輩に麻雀の借金を未清算のまま院に進んだり社会に出るのって、みっともないでしょ。あんただって、この先何かの事情で先輩を頼る事があるんだからね」

結城の本音は『麻雀の清算もきちんとできない奴を頼る事は金輪際ありません』だったが、口には出さなかった。

厄介な仲介を買って出ても事態を収めようとする明実の思いが伝わっていたからである。

「聞けばさぁ、あんた来年ドイツに留学するんだって？　だったら、こうしてくれないかな。行けば二年は帰って来ないから、この際餞別《せんべつ》代りに清算しようよと私が皆に詰める」

「一年で帰る予定なんですけど」

「うるさいよ。そんなのどうだっていい。蔵前の中で貸借がグズグズになっちゃうのは良くない、というのが私の言い分なのよ」

「スミマセン、深く考えていただいて」

「いや、肝はここから。あんた、総債権を二五パーセントで諦めてくれない？　私は皆から七割引きで徴収する。結城君もここまで譲歩してるんだから、皆ちゃんと払おうよ、と私も強く出られる」

「元々諦めていたので、歩留まりは幾らでも結構です。ただ差額が五パーセントだと、落としは十万にしかなりません。そんなもんで、こんな鬱陶しい話に入って頂くのが申し訳ないです」

この瞬間、明実の眼がスッと一層細くなった。

「馬鹿だね。お駄賃欲しさにしゃしゃり出たわけじゃない。差額十万は、卒業生を送る納会の原資にどーぞと、あんたの方から差し出すのよ」

「なるほど。それは大変失礼しました」

「七割引きの上に大口カンパは可愛い。あんたに対する感情としては焼け石に水みたいなもんでも、今後の当たりは幾らか違う。

負けて払わない方が威張ってるのは理不尽な話だし、あんたにしたらメチャクチャ値切られて、その上寸志を出せとはキツい収拾なんだけどさ。短い間にキレイにして、しかも禍根を残さないのは、私にはこの手しか無いと思った」

結城は改めて明実に向き直った。

「御趣旨、よく理解しました。いろんな事まで考えて頂いて有難いです。鬱陶しい役目をお願いする事になって申し訳ありませんが、宜しくお願いします」

「収めてくれてありがとね」

「二百万は正直捨てたつもりでしたから、それがナンボか手に入るより、気まずい貸借が一律キレイになる事の方が嬉しいです。なかなか忘れられないイブの晩になりました」

「そう言ってくれると救われるけど、ホントにこれで良かったのかな。まぁ、現状が続くよりは絶対マシだろうけど。放っておくと、守ってきたものが壊れそうで出しゃばったんだけどさ、もうとっくに朽ち果てていたような気もする」

この日初めて明実が結城の盃に酒を注いだ。

48

年明け、新学期に入ってすぐ釘宮は校長に呼ばれた。

校長が唐突に平教諭を呼びつける面談に良い予感は無い。教師にも目標管理制度が導入されて久しく、サラリーマンと同様、期初に年度目標を定めて上司と共有し、その達成度によって評価が行われる。しかしサラリーマンと異なるのは厳格な成果主義を伴わない点で、自分の担当教科の平均点を何点上げるとか、進学校への合格者数を何パーセント増やすといった具体的目標値を強いられない。

これは教師を評価する観点が学習指導・生徒指導・公務分業・調整連携と、四つの指標に分かれるからである。仮に学習指導で実績を上げても、担任の生徒が集団で非行に走ってしまうと教師としての評価はチャラ以下になる。予備校講師との違いはこの点で、特に公立校教師には人の土台を作る全人的教育の要請が大きい。

しかし人作りとは実に達成水準がファジーであり、成果の比較は不可能である。したがって、曖昧な指標のウェイトが増すにつれ、教師の総合評価とは結局校長における覚えのめでたさとイコールになりがちだった。

校長もまたいろいろで、部活顧問への注力度を重視したり地域に対する貢献を加味したり、評価方法に個人差が大きい。自然、職員室では校長に追従《ついしょう》する空気が生じがちで、顔色を窺う者が増えてしまう。

こうした傾向に釘宮は無関係だった。

日々生徒と過ごすのが釘宮の本意であり、学校経営や教育改革の方向を向いていない。教員としての栄達にも最初から恬淡としていた。だから校長室は呼ばれて嬉しい場所ではなかったのだ。先生だって、その先生から理由を知らされず呼び出されると緊張する。

「釘宮君ね、君は四月一日付で都の教育委員会に行ってもらう」

「えっ、出向ですか?」

「ああ、短くて三年。長いと五、六年かな」

「何をするんでしょう?」

「知らんよ。大きな制度改革もあるし、既存校の統廃合や新設校もある。何にせよ、馬鹿には務まらん。有能と期待されての出向なんだから、行った先で新しい職務に邁進《まいしん》して欲しい」

冗談ではないと釘宮は思った。役所仕事がしたくて教職を選んだわけではない。

「御評価は有難いのですが、私は教室で生徒と過ごすのが一番なんですけど」

「役所勤めしたくて教員になったんじゃねぇと、そう思っているだろ」

「あらら」

「俺もそうだったから想像はつく。二十五年前、君の義理のオヤジさんから内示された時、似たような事を申し立てた」

「あっ、校長も中央に出向されてたんですか」

「あん時は俺も出向なんて嫌でさ、だから尋ねてみたんだよ。いったい教師の本懐って何ですかと。そしたらオヤジさん、ちょっと考えて『巣立ちを見守る冥利』とキッパリ言われた」

「気障《きざ》ですね」

「そう言うなよ。あれだけ外連《けれん》を嫌った先生が吐いた、たぶん一世一代の名台詞だ」

「で、どうなったんですか？」

「私だって教え子の巣立ちに役立ちたいです、だから教室に置いて下さい。そう言ったよ」

「義父は何と応えました？」

「現場で支えられるのは多くて千人。教育委員会が相手にするのは東京都の高校生ざっと三十万人。戦艦乗っての洋上勤務と、軍令部出仕の違いだと」

「うわっ流石に海兵上がり、喩《たと》えが凄まじいですね」

「ただ俺もしつこかった。自分は教室に居てこそナンボかの者で、軍令部の適性は無いと思います。そう粘った。

そしたらさ、君の事はそりゃもう君が一番知ってるだろう。でも教育委員会の事、もっと言えば教職の何たるかは私の方が詳しい。その私が言うんだ、必ず君の教員人生の幅が拡がるから行きなさい、とさ」

「で、若かった校長は渋々応じられたんですか？」

「いや、まだ愚図ついていたらトドメ刺された。

中央出向が嫌で退職したら、未知の仕事にブル噛んで辞めたと言われるぞ。一年辛抱してみて、それでも仕事が性に合わなきゃ、そん時辞表書きゃ良い。僅かでも教育委に勤めた経験は、その後の転職にも箔が付く。しかも一旦は辞令に服したわけで、俺の監督責任にも傷がつかん、ワハハだと」

ダメだこりゃ、と釘宮は思った。

今まで何十年にも亘り、内示の場で似たようなやり取りが交わされ、内示する側の論法だけが研ぎ澄まされている。自分は既に定置網の中に入っており、どう足掻いても最後は搦《から》め捕られるのだ。

しかしそれでも、このまま押し切られるのが業腹で、釘宮は最後の抵抗を試みる。

「私の適性は兎も角として、教育委に出たいと希望している先生は他に大勢居るんじゃないですか？」

校長はアッサリ応えた。

「居るよ、わんさか。君は知るまいが、正月明けには志願者が毎年俺のところに来る。だけどなぁ、教職を選んでおきながら生徒の居ない場所への異動を、普通望むかぁ？　そうした教員が、中央でいっぱし役に立つと、君は思うかね？」

それはそうかもしれない。

しかし脳が縮みつつある教員は、いっぱし役に立つのだろうか？

49

笠置が率いるメッシーナの新プロジェクトは、年明け早々大きな勝負処を迎えていた。構想開始から四年を経て、漸くメッシーナ・アンブラ一号店が都下にオープンするのだ。

アンブラとはラテン語で影の意味だが、店名の通り一号店は郊外大型公園の境界林の樹影に地続きの好立地で、総席数百七十七の大型店だった。

グランドオープンに先立つ内見プレオープンでは、従来同時提供が難しいとされてきた茹で立てパスタ二種を遅滞なくサービスし、招待客百五十余名を驚かせた。これは外食業界紙誌も注目し、後日外食事業の革命として大きく報道されている。

もう一点話題を集めたのが常時六十種以上と謳うサラダバーで、店舗の近隣農家とフランチャイザーが契約した野菜を毎日各店舗に納品するシステムが画期的と、高く評価された。

実は、このサラダバーについてはメッシーナ内部で長く熱い議論を重ねた経緯があった。新参常務は、生鮮野菜六十品種の常時提供は運用コストが膨大で、収益上の砂袋になりかねないと強く反対。社長はもっと否定的だった。

「俊孝よ、ウチはスパゲティ屋だ。菜っ葉が売り物じゃねぇ」

しかし笠置は一歩も譲らなかった。

「思い出して下さい。ベルトコンベアの特許が切れた瞬間、回転寿司に異業種がゴッソリ参入しました。今、元気なのはこれら後発組で、特許を持っていた老舗じゃありません。根本システムをパクり、その上に改良を積み重ねた者だけが生き残るんです。

麺茹でロボットもパスタの冷解凍システムも、いずれ模倣される。しかし大手資本が後から来た時、マネしたくても出来ないシステムがもう一つあれば我々の生存チャンスは増えます。

極論すると、パスタ要らない、サラダバーだけ食べに来たってお客様も定着して欲しい。だからメッシーナ・アンブラのサラダバーは日本一のレベルに持っていく。単体の収益確保は難しくても、全体の戦略投資として判断すべきです」

意外にも、この意見を副社長が支持した。

「やってみましょうよ。農家との面倒な交渉をフランチャイザーが全て代行し、フランチャイジー各店に直接納品する運営は日本初ですよね。しかもこの方式だと、仕入れで一番大事な生鮮を我々が握るし、野菜の売れ行きの季節変動データも蓄積される。

もう一つ。契約した農家は必ず客として来店するでしょう。その家族がリピーターになってくれたら、良質な口コミ源として期待できます」

その一方で、副社長は全員を前にして笠置に釘を刺す事を忘れなかった。

「但し笠置取締役。極めて大きな投資になりますから、これはあなたの責任って事で良いですね」

笠置は、この副社長判断が嬉しかった。ただ、副社長から何十年も呼ばれてきた「俊孝さん」の呼び名でなかった事を、深く銘記した。

内見会翌日、フランチャイジー本社で行った総括報告でも、笠置はサラダバーに対するメディア側の好意的評価を敢えて付け加えている。

この報告会議では、最後にフランチャイジー会長からまとめの言葉があった。

「敢えて一番難しいオペレーションに挑むのは、気合は良くても本当に大丈夫かなと内心不安でした。ただ、途中から気付いちゃってね。あぁこりゃ、ウチの土俵でメッシーナさんが自分の勝負をしているんだな、と。当社としちゃイイ面の皮ではあるけど、その分本気で戦ってくれるだろうと。

しかしまぁ満足できる結果が出て良かった。グランドオープン以降も引き続き手張りの博打のつもりでやって下さい」

この会長は元々関東有数の山持ちだった。所有する土地に新しく道路が通ると、沿道で様々な事業を始める。飲食、衣料品、書店、中古車販売、ドラッグストアと、全て大手のチェーン傘下に加わり、ロードサイドショップを矢継ぎ早に展開してきた。笠置が初めて会った時、会長名刺の裏に刷られた十二社ものロゴマークを見て驚いた記憶がある。

「ウチは人の褌《ふんどし》経営と言われてる。或いは小判鮫商法とも。自前で興した事業は一つも無いんだもん、仰る通りさ。目の前を泳ぐ大きな魚のどれにくっ付きゃ良いか、ジーッと眺めてるわけ。コレだと思えばパッと飛び付く、ダメならスッと離れる。大して自慢じゃないが、小判鮫は小判鮫で呼吸の難しい芸当なんだよ」

　今回のメッシーナ・アンブラ事業は会長娘婿の社長が推進役で、彼は笠置と同年齢。飄々とトボけた会長とは違い、商社からの転身らしく怜悧な切れ味が表に出ていた。報告会議後、辞去しようとした笠置は社長から呼び止められ、応接室に席を変えて意外な話を切り出される。

「今後は笠置さんみたいな方が、各事業で自分の代わりを託す次世代を育ててくれたら、店はじき定着する。そこは心配していない。

　しかし当社としてはメッシーナ・アンブラが新たに加わった事業コンプレックス全体を、鳥瞰する業務が一段と複雑になった。今までは俺が独りでなんとかやってきたが、もう限界だよ。しかし会長はイケイケで今後も店は増え続ける。

　つまりだ、俺と一緒に戦ってくれる副官が欲しい。その役目を笠置さん、あんたにお願いできないかな？」

　あまりに唐突で、流石に面食らった笠置は黙った。社長は一方的に言葉を重ねる。

「実は会長も賛成でね。どころか、応分の貫目と座布団用意しなきゃ話になるまいとさ。俺はね、用意する座布団の吟味は無論重要だが、その厚みだけじゃ決まらんと応えた。

　笠置って男はたぶん、企業の意志と自分を同期して、自分が仕遂げた分、企業が前進する構造が無い限り来ませんよと。そしたら会長も同感、ありゃ俺らと同じで、前に進まんと生きた気がしないんだろうと、そう言ってた」

　笠置は応えた。

「買い被りですね。私はパスタ稼業なら多少は分かりますが、飲食は百様《ひゃくよう》、ウチと牛丼とハンバーガーじゃ全然違ってます。まして中古車やら薬局やら、今から学んでも物になりません」

社長が遮る。

「あのな、ロードサイド事業のプロなんて居ないんだよ。私がそうです、なんて言う奴を第一俺が信じない。

俺達は当該地にどんな事業が最適か、候補を最大にして考える。そりゃオリジナル事業は育てるのが楽しいだろうがリクープの時間が読めない。

ウチが時間軸にうるせえのは荒蕪地《こうぶち》から手掛けるからで、資本の投下スパンが他よりも長い。失敗なんて絶対許されないし黒転《くろてん》までの時間にも厳しい制限がある。だからこそいろんな土地で多くを検証済みの大手フランチャイザーと組むわけだ」

笠置は、目の前の社長から初めて聞くフランチャイジー側のリアルに引き込まれていた。

「だからってウチは亡者じゃないよ。今計画中のクリニックコンプレックスは地方の各種医院を一堂に集める構想で、患者は一度で複数を回れるし医院側もシナジーがある。医者の誘致は大変だが、これは短期の損得でなく当社の意志として必ずやる。

この辺をウチの若い衆は街創りだなんて美化してるけど、俺はノボせてない。多少芸の細かい土地転がしよ。ただね、社会の為にやってるわけじゃないけど、為になってないとも思わないんだ。そこんとこも、考えてみてくんないかな?」

笠置は居住まいを正した。

「男冥利に尽きるお申し越しに正直驚いています。きちんとお返事しますから時間を下さい」

「うん、よく検討してみて。余計な事だがメッシーナは早晩大きく変わるよ。変わったその先が、笠置さんの男の最後の燃やし場所として相応《ふさわ》しいか、その事も含め考えて欲しい」

50

阿南は繰生局長に連れられて筑波研究学園都市に来ていた。

森閑とした長い廊下の左右に並ぶ研究室の一つに招じ入れられ、この部屋の主である工学博士を待つ間、阿南は不思議に思う。繰生局長はいったいどんな手蔓《てづる》で、こんな珍妙な商談を仕入れてきたのか？

ヴィンクラで奇跡的な売上を得て以来、繰生局長は新規開拓に熱を上げ、手当たり次第様々な儲け話に色気を示しては阿南に振ってきた。但しその商談とは、経営者の一代記を映画化したいだの、採石場跡地をテレビロケ地として貸し出したいだのと、突拍子もない類が多い。当然ビジネスに発展するケースは稀で、三十社以上回っても売上は百万円に及ばなかった。新規開拓の常で非効率は仕方ないのだが、阿南が時にウンザリするのは折衝の相手が広告投資にほぼ無縁な事だった。そうした輩は、広告会社という自販機にコインを入れればマーケティングの妙案が簡単に出て来ると思っている。しかもコインは出世払いなのだ。しかし繰生局長は一向メゲない。

「皆が皆、広告に通じたお利巧だったら、ウチなんて食えるかよ。未だに弓矢で勝負の国まで出張るから火縄銃でも売れるのさ。なっ阿南ちゃん」

面倒な実務は全て阿南に押し付け、万一取引が始まれば「水脈を見つけたのは私です。阿南に井戸を掘らせました」と嘯《うそぶ》く。この頃、繰生局長には新たな渾名「磨崖仏《まがいぶつ》」が付いたが、この由来は彼が国東《くにさき》半島出身である事と、扱う広告主も本人も「まがい物」である、との意が掛けられていた。

とは言え、その繰生銘柄を全部無視できないのが阿南の辛い処で、ヴィンクラの例同様、突然大化けする広告主があるからだった。ダイレクトマーケティングの定着にデジタルの進化が相俟って、通販で一発当てる中小企業が増えており、そうした例においては広告がゲームチェンジャーとして機能を高めていたのである。

今日も筑波まで遠出して来たのは、新しい工業用水が開発されたとの情報からだった。将来事業化の可能性がある研究を国が選び、予算を与えて後押しする育成プロジェクトがあって、その選考を通ったものであると。

水道水に薬品を加え、特殊な岩石フィルターに高圧で通すと、水は画期的特性を帯びるらしい。

「その水でセメントを練りゃ強度が増し、水耕栽培では植物の成長が早いんだとさ」

無邪気に効能を鵜呑みにする繰生とは逆に、阿南は最初からこの商談を疑問視していた。

そんなメリットがあるならBtoBで誰かがとっくに喰い付いている筈。それが今からだとしても、相談相手は先ず銀行や商社であって広告会社ではなかろう。しかも業界大手を飛び越えて我々に話が来るのは解せない。既に、あちこち持ち込まれてダメが出てしまった疵《きず》アリ物件ではないか？

ややあって出てきた博士は、才槌《さいづち》頭で頭部が前後に大きく張り出した異相の男だった。目鼻は頭の下方に集中して小さく、俗に謂う金壺眼の眉から頭頂部までが異様に長い。

『ムンク顔は面倒な天才が多そうだからなぁ』

阿南は、目の前の研究者の人相が、どこか釘宮と似通う事に気付いた。

博士は訥々《とつとつ》と語り始める。

「今日お越し願ったのは、様々な業種の企業を得意先に持つ広告代理店の機能を発揮して、私が開発した水の商業化を進める事業パートナーを探して欲しいからです」

阿南は内心、これはやはり駄目だと諦めた。事業の仲介など広告会社の本業でなく、金融機関の作業精度に遠く及ばない。仮に両社提携が成立したとして、広告屋はどうやって儲けるのか。

しかし繰生局長は曖昧だった。

「当社もマルチクライアントですから御得意先を紹介できる可能性はありますが、今までその水を活用された企業は無いのですか?」

「今は未だありません。用途によってスペックが変わりますから。私の水は、吊るしの背広じゃなくてオーダーなんでね」

「学会での発表や特許申請は如何でしょうか?」

「全てこれからです。ただデータの発表には慎重になります。研究成果を模倣されちゃ敵《かな》わんもの」

阿南は黙って聞いていたが、二人の会話に焦《じ》れて本質を衝く。

「広告屋にも御得意先に対する提案責任があります。斯く斯くの効能によってこの水は御社事業に有益ですと御紹介するには、依拠するデータやエビデンスを頂戴出来ないと、とても持ち込めません」

博士は心外の表情を隠さず断言した。

「私の水の真価は、使ってもらえりゃすぐ分かるよ」

「いえ、試してもらう前にちゃんとした釣書《つりがき》が要るんです。企業にとって商品は大切な我が子ですよ。御用聞きから『この水は体に良いそうなんでお宅のお子様に是非』と聞いて飲ませる親はいないでしょう。由来と出所、何より安全性を確かめます。その時に私ら『詳しくは知らないんで』とは答えられないじゃないですか」

「なるほど、そうしたもんですか。しかし原理はもうノウハウの範疇、明かすわけにはいかんのです。製品は供給するが、製造の現場も工程も開示しません」

「それじゃあ鶴の恩返しです。いくら有望な技術でも、企業との提携は難しいでしょう」

「ふ〜む、やはり無理なのかなあ。広告会社なら解決してくれると聞いたんだがね」

今度は繰生局長も安易に応えない。どちらの発言にも小さく頷くだけだった。

暫しの間をおいて後、博士は再度問うた。

「ならば、おたくの会社と協業で水の用途を見つけ出していく協働作業はどうですか？　水には無限の可能性があるんだが、それを事業化する世間智が我々に無い。プロジェクトを組んで、互いに補完し合うわけにはいかんもんですか？」

繰生は発言せず阿南の横顔を窺い、阿南は丁寧に説明を始めた。

「利益の確定しない協働のブレーンワークは、弊社にとって一種の投資型業務になります。乗り出す場合、博士と弊社で共同事業体契約を結んでいただくのが条件になるでしょう。

期間はまぁ一年ですか。その間に発生する互いのコストを全部一つ財布に入れまして、出た収益も損失も折半《せっぱん》にする契約です」

「おいおい、人の発明に後から飛び乗って折半はボリ過ぎじゃないかね」

「一年で必ず利益が出るなら法外かもしれません。しかし損失も折半なので不当とは言えないでしょう。失礼ながらリクープはそう簡単でないと判断しました。我々の前に、広告だけでなく何社も呼ばれてますよね」

博士は視線を逸《そ》らして黙り込む。消沈する博士を追い込むようで阿南は気が退けたが、バッドニュース、とりわけ条件面は正確に提示せねばならない。それが阿南の仕事なのだ。


東京への帰路、阿南はつくばエクスプレスの窓外に広がる冬枯れの風景を眺めていた。博士の落胆した姿が脳裏を去らない。

阿南は、こんな不毛の行脚《あんぎゃ》がいつまで続くのかと内向していた。自分が貯えた幾らかの知見が人や企業に役立って欲しいのに、現実は本意と真反対の方向で動いている。

ビジネスにはそうした辛抱の時があると弁えてはいるものの、ヴィンクラ以降広告商売の外道《げどう》とも呼ぶべき虚しい行為ばかり続く現状に、深い疲労を覚えていた。

繰生局長は横でずっと熟睡している。

51

二月末の木曜、東京に記録的な大雪が降った。

予報は、雨が夜半から霙《みぞれ》混じりになると告げていたが、早々と夕方には雪に変わった。その雪に水分が少ないと感じた敏江はすぐに積もると予感し、客に理解を求めて迎賓館を十時前に閉めた。

雪は一晩中降り続け、翌朝東京は何処の街も白く厚い大気の壁で覆われたような風景に変わった。電車も高速も全て止まってしまい、首都圏の機能がこうまで麻痺するのは数十年ぶりらしい。

午後、小降りになって交通も回復したが、敏江は早々と臨時休業を決め、その旨をB卓メンバーに連絡する。帰路の足に不安があると、店を開けてもセット卓の客は来ない。

それでも敏江は店に出た。前夜が早仕舞で、後片付けをしないまま金土日三連休となるのを嫌ったのだ。しかも敏江が自らに課した作業は店内だけではなかった。道路から迎賓館のビル入口に至る通路の雪をスコップで除き、裏の運河まで運ぶ。雪は重く、ダウンジャケットの下にたっぷり汗をかく作業は一時間を超えた。

漸く除雪を終えた夕刻、笠置からメールが届く。

『休業承知。京都出張、雪で帰京を早めたのに新幹線遅れ。豆腐あり、店なら品川下車』

『お店です。もう少し早く来てくれたら。雪の始末で大変でしたよ』
『降り天積《ふりてんつ》も』
スコップを使った両手の指が疲労で痙攣している敏江は、最後の洒落に応答しない。

迎賓館から運河の雪を眺めるのは今夜が最後だろうと、敏江はベランダに面して席を設けていた。卓上コンロを置き、そこで湯豆腐を食べる。

雪が運河に降り、消えていくのを眺めながら二人は燗酒を呑んだ。対岸のマンションに次々明かりが灯る都度、それぞれの夜が始まるようで妙に和んだ空気になる。

「この時間にこの角度からは初めての眺めだな」

「私もです。あのマンション、こうして夜見ると人が沢山住んでいたんですね」

笠置は微笑んだ。普通の夜の暮らしを厚いカーテンで遮ってきた雀荘稼業も、もうすぐ終わる。

「準備は着々？」

「事前に出来る必要な手続きは、ほぼ終わりましたね。三十一日午前中にリース屋さんが雀卓を引き取りに来て、お昼に不動産屋と会ってお終い。二十年以上続いた迎賓館が、影も形も無くなります。自分では、もう少し感慨があるのかと思っていましたが。田町のこっち側に来る事は、もう無いかもしれませんね」

「あとかたもなきこそよけれ、だよ。長い間お疲れさんでした」

二人はその後も黙って呑み続けた。

夜風は無く、雪はゆっくりと真っすぐに暗い運河へ落ちていく。

敏江は、今見ているこの風景を生涯忘れないだろうと思った。

その時笠置が、折れないようファイルに入れた奉書紙をバッグから取り出した。

「これ、頼まれてたヤツな」

紙には枯れた筆致の毛筆で客への挨拶が認《したた》められている。

お客様各位
当迎賓館は事情により
三月末日を以って閉店する事となりました。
永らくの御愛顧に感謝申し上げます。
店主敬白

52

三月二十九日が迎賓館の一般営業最終日で、この日は早々と予約が入り二月中には満卓が決まった。当日はフリー卓を開放して七卓を、水道局グループ、近隣サラリーマン、蔵前倶楽部で分け合う。蔵前の参加者は十八名に及んだが三卓しか配分されず、各卓三・四位抜けの合計六人待ちとなった。明実も結城も一旦座ると最後まで出ずっ張りで打ち続け、結城の容赦ない切り取り放題は最終日も変わらない。閉店直前に学生達から花束が贈られ、敏江を中央に囲んで記念撮影が行われた。
翌三十日は一般客を断り、フリー卓八名だけの貸し切りとした。A卓は二十三時前に割れ、B卓の笠置・阿南・釘宮・結城の四人だけが残る。

この日結城には特別な気負いがあった。同じ雀荘で連日、草野球とメジャー程レベルが違う麻雀を打つのも今日限り。だからこそ結城は迎賓館最後の夜、この優れた麻雀打ち達から納得のいく一勝を奪いたかった。長い連敗後の勝利は、全て立合い一気の押しが決まったようなもので、ガップリ四つに組んで勝った実感は未だ結城に無かったのである。

実は、最終戦にかける思いは笠置と阿南にもあり、二人とも全く同じ事を考えていた。せめて最後に一度、釘宮を完膚なきまで叩いた上での一勝をもぎ取れないか。尚且《なおか》つその一勝だけは偶然に恵まれたものではなく、自分が釘宮を完全に抑え込んで上に立つ堂々の圧勝でありたい。
笠置にも阿南にも、それ程釘宮は巨人だった。今後生涯に何人の麻雀打ちと出会っても釘宮を超える者は現れないとの確信は、二人に一致していたのである。

しかし当の釘宮は全く別の事を考えていた。
そもそも釘宮は雀卓上で特定の誰かに勝ちたい、優りたいと思った事が無い。釘宮は常に自ら感じるまま打つだけ。熟考は直感に如かず。第一感を貫けるかどうかが何よりも大切な己のクライテリア（到達の基準）なのだ。

釘宮は、夥しい記憶に基づく自分だけの判断に従い、躊躇なく指が動く時が自然であり最強と感じていた。そのフローになまじ理性が加わるのは停滞であって、もう自然でない。

そもそも釘宮は、人が合理的思考に頼る事を弱いと見切っていた。判断に岐路が生じた場合、断固自分はこうすると決めるのでなく、少しでも妥当性の高い方を選ぼうとするのは、合理という言い訳に逃れたい弱者である。考えると言いながら、実質は迷っているに過ぎない。

この点、釘宮は明快だった。頭は目一杯使う、しかし決めるのは心なのだと。

こうした釘宮メソッドを実践し、磨き込むには相手にも相応の技量を必要とする。この意味で迎賓館B卓は最高だったし、店が閉まればこのレベルの面子と闘える事はもうないと分かっていた。しかも釘宮は迎賓館閉店後、新たな場で麻雀を打つ自分を何故かイメージしていない。理由は不明だが、記憶という膨大な燃料を費消しながら走る自分の麻雀は、この場所が最後のように感じていたのである。

つまり迎賓館最終日は、自分が到達した境地を残す最後の場となるわけで、釘宮は思うさま存分に打ち込んでみたいと願う。

但し釘宮の最終戦の勝負相手は、彼自身に他ならない。

四人それぞれが最後の日に懸けた思いとは裏腹に、この日は夕刻から極端な小場ばかり延々と続いた。半荘九回全て起伏が乏しい展開で、僅か二千六百が決勝点となる。ノー聴罰符の応酬だけでトップが決まった半荘が二度もあった。

この小場の連続は、打ち手に緊張と疲労を倍加する。

乱打戦は互いに足を止めた和了り競争だが、小場においては一牌の鳴かせ時で聴牌争いから独り脱落しかねない繊細な闘いになる。

例えば結城は、手役も無いこの手で、

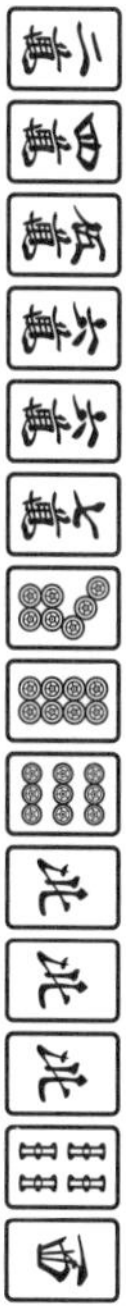

索子が下に伸びる可能性を捨て切れず四索は打てない。とはいえ二万を切って安牌の西を抱え続ける事もできないでいる。自摸三万の手損が怖いからで、ノー聴罰符で削り合う状況ではたった一度の機会喪失が半荘の致命傷になってしまう。
当然ここに初牌の一索が来ても自摸切る一手なのだが、仮にこれがポンされると場は一変する。端牌一鳴きは相手も決意あっての勝負手だろうが、もし自分の昇り調子を確信していたら『手を狭めろよ、待ってろよ』と、寧ろ気合は高まる。しかし四人が拮抗した状況では他家の手を進めない事が絶対。しかも自手に勢いが無い時、警戒心は怯えに変わりやすく、何を打っても当たってしまいそうな恐怖に襲われる。
この攻防の落差は大きく、結城は体の芯が削られるような疲弊を感じ続けていた。

半荘九回目、結城だけノー聴だった次局、罰符三千点を取り返そうと結城は捨牌三段目から全牌自摸切りで押し続ける。和了れない形式聴牌なのに突っ張り通して流局した時、夥しい手汗をかいていたのに気付く。

思わず安堵のため息を漏らした結城を、笠置が面白がった。

「結城君、苦しかろう。一巡ごと打牌に窮するよな。ただ志堂寺さんが入っていた時、こんな根競べはザラだった。この痺れる緊張を一緒に面白がるようになったからこそ、君もB卓メンバーなんだよ」

阿南も被せる。

「皆が王様になりたくて闘っているが、なれるのは四分の一。しかも王の椅子って、座るには運やら勢いやらの条件がある。その条件を自分は満たせず、この局この半荘は王になれないと分かった瞬間、今度は誰も王様にさせない闘いを始める。王制拒否の共闘なんだが、これって足並みを揃えないとすぐ王様が出現しちゃうよね、釘宮先生」

釘宮が応じた。

「そうですね、どの国でも王朝を倒す時には諸勢力が団結してます。でも倒した後は必ず内部抗争が起きて互いに潰し合うんですけど。これも古今東西共通。

雀荘で王様はまず嫌われますよ。王様一人に家来が三人は、誰も好まないでしょ。ただ雀荘と歴史が違うのは、民主化を望むが故に王制を拒否するのでなく、単に自分が王様でないからです」

半荘九回までの戦績は、笠置・阿南・釘宮がそれぞれトップを三回。結城もトップこそ無いが浮き二着が三度、ラスが無いためトータルプラスの可能性を残していた。この日が常と違っていたのはトップ者が皆、ラスも三回引かされていた事。どの半荘も僅差で競り合った結果、親カブリの失点がラスの理由だったが、釘宮三ラスは珍しい。

つまりその日は誰かが大駆けした圧勝が一度も無く、半荘九回全て微妙な凌ぎ合いから辛勝を拾う展開だったのである。

この無風に似た均衡は、実は偶然ではない。全員が最終日、自分のエラーが原因で親がワンサイドに吹き上がるのを嫌い、殊更丁寧に打ち回した結果だった。

結城は、連荘について志堂寺が語っていた警句を思い出す。

「親のニッパッパは、まぁ仕方ないです。しかし次局も親が二飜手を和了ったら、その半荘の帰趨は概ね決まる。逆説すれば芽を摘めなかった子方三家の慢着ですよ」

迎賓館最後の日、普段と何一つ変わらぬようでいながら、その実誰もが緩い麻雀を打つまいと厳しく自分を律した、その四人の波長が揃って極端な小場が続いたのだろう。

麻雀は手の落ちる者が一人入ると、不思議と低位者のレベルで場が進行する。或る種の相互信頼に似た阿吽《あうん》のスクラムを組むには、全員に技術が必要なのだ。

結城も、B卓に伍していける程には成長したとの自負があった。

その結城が親の半荘十回目南三局、突然瞠目《どうもく》の配牌が入った。ドラは中。

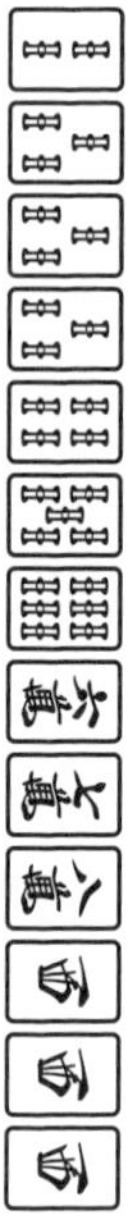

当然ダブリーである。しかも結城はリーチ発声と同時に見逃しの自摸専を決めた。出和了りは最低三千九百。放銃者以外との点差は僅かでしかなく、結城はどうしてもこの手を自摸り上げて大トップの足掛かりにしたかった。その為には裏1乗せて四千オールに仕上げたい。この展開、この牌姿なら必ず自摸れるし、裏ドラ一枚は絶対乗るだろう。
ところが、これが流局したのである。しかも全員聴牌で。

釘宮

阿南
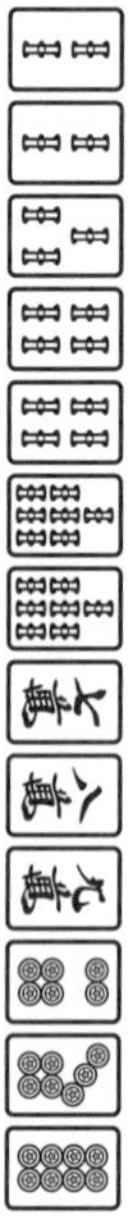

笠置

残り二枚の和了牌は王牌に眠っていた。
流局は仕方ない。しかし三人とも巧みな手組みで聴牌を果たしているのが憎い。見た目待ち牌

十四枚の親のダブリーですら王になれないのかと、結城は秘かに嘆息する。

53

午前四時を過ぎ、これが最後の半荘となる十一回目の開始前、笠置が恒例のラス半宣言を行った。フリー雀荘でのラス半宣言とは、打ち手がこれから始める半荘を最後に、打ち終われば抜けると事前通告するものだが、迎賓館B卓には卓全体の終了を予め告げる慣習があった。これは泣き半の延長を禁じるのと、抜け番待機者への配慮も兼ねていて、最年長者が宣言する習わしだった。

生前、志堂寺の口上は常に、

「名残は尽きねど、この半荘にて本日の打ち止め」

であり、この千秋楽の行司に似た渋い口上を聞くと、他三者は必ず追認の返事をする。

この日笠置は、

「名残は尽きねど円居《まどい》は果てぬ、です。次の半荘が迎賓館最後となります。長い事、遊んでいただき有難うございました」

と挨拶した。釘宮が応じる。

「ラス半、畏まりました。楽しかったですね」

結城も続く。

「はい、僕を加えて下さり本当に有難うございました」

阿南は突っ込む。

「ラス半は承りました。でも笠置さん、雀卓で円居てのはどうなんでしょう?」

「おっ、阿南ちゃんは最後まで細かいね」

この時、釘宮が滅多になく割って入った。

「四角い卓上の丸い付き合い、という気持ちでしょう」

笠置と阿南は、釘宮の笑顔を見て驚く。十数年の付き合いで、釘宮のくだらない空世辞を聞くのは初めてだったのである。

改めて笠置が締めた。

「では最後です、存分に打ちましょう。燃えろよ燃えろ、って事で」


しかし最後の半荘は実に奇妙な展開となった。東一局から南二局まで、全て親流れの流局が続いたのである。六局全て、誰にも手が入らない。「征く手」ではないから前に出るに値せず、全員が捨牌二段目には早々手仕舞いに掛かる。

形聴による点棒の遣り取りが二局あったが、二人聴牌の組み合わせが裏表で結局点棒は配原のまま。迎賓館最後の半荘としては、何とも寂しい抑揚の無いレースとなった。

南三局ドラは八索、四者の配牌はそれまで以上に悪化する。

親の結城
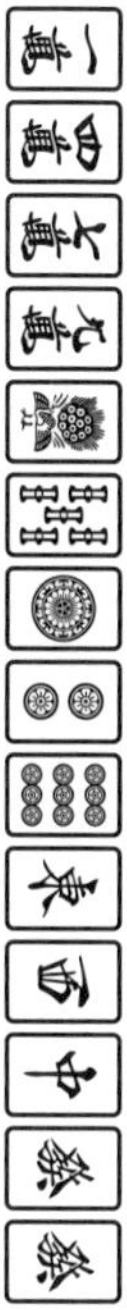

南家釘宮
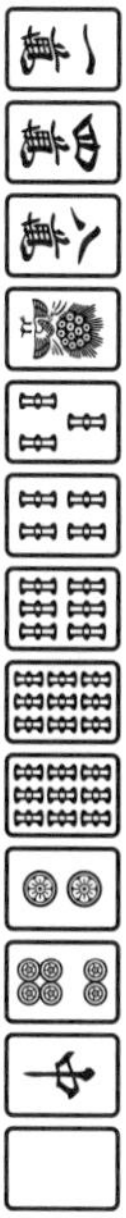

西家阿南
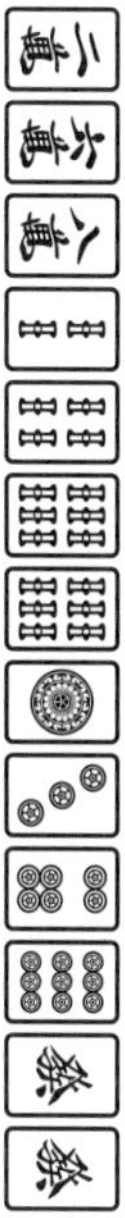

北家笠置
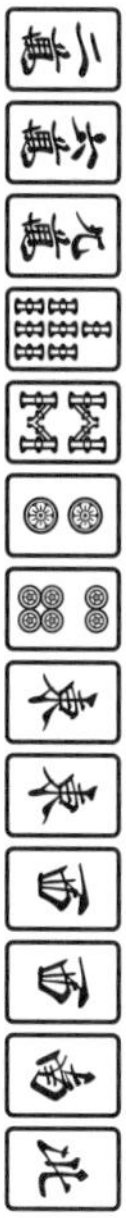

親の結城は、發の対子以外に取り柄の無い典型的なクズ手。

釘宮にはドラ色の索子が六枚あるがドラは抜けており、ここも和了は遠い気配。

阿南も發対子だが（結城と対死）それ以外の面子の芽が弱い。

笠置は、無駄なオタ風が二対子あるだけで、ここも面子が薄い。

つまり全員の配牌に感奮興起が欠けていた。この、等しく配牌が劣悪だった事によって誰も場の進行を急ごうとせず、それがこの後の激しい展開に繫がった、とも言える。

五巡を経て、結城と笠置の手牌がやや変化した。

結城 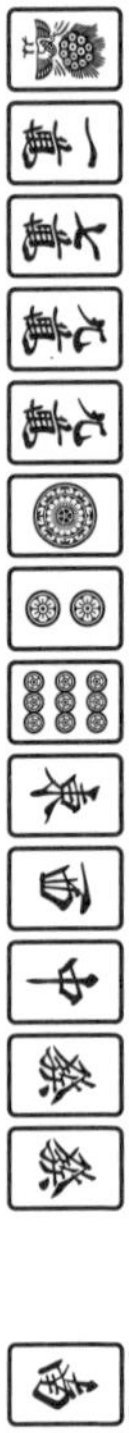 ツモ

六巡目、南を自摸って結城は岐路に立つ。ここまでは自らの和了が望み難いだけに、子方の手が進むのを嫌って字牌を絞ってきたが、今十種十二牌。

元来結城は国士を好まない。四枚目が枯れた瞬間に粘りを失うのが性に合わないからで、親では猶更《なおさら》挑まなかった。しかし六巡目で完成面子が一つも無い今は国士二向聴が一番早い。結城は少考して九万を一枚外す。

笠置 

一方笠置は六巡目、望外の北を引いていた。この手は先に南か北を引けるか否かで天地の差がある。とはいえ四喜和《スーシーホー》は成就が極めて難しい。この面子で叩けるのは最大二つだろうから、自力で形を作ってからでないと動いても仕上がらない。ただ、親が国士気配であり二ナキの機会は無いかもしれず、仕掛け時が難しい。

釘宮

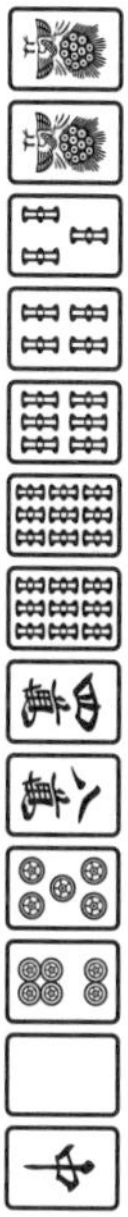

釘宮は六巡までに有効牌として一索と五筒を引いただけ。ここまで索子は僅かに一牌、染まる感触はまるで無く、捨牌一段目の終わりには半ば以上オリを意識していた。

阿南

阿南は五索とドラ八索を引き、満貫の材料は一応揃った。しかし面子の形が悪く、ドラを活かす七索引きの自信は無かった。ましてドラの重なりは到底期待できず、この手はたぶん聴牌も怪しいだろうと阿南の予測は冷えたままだった。

結城

結城は八巡目に北を引いて一向聴。こうなれば一志定めて奔《はし》るのみである。
九巡目、結城は西を引いて手を止めた。

西も發も初牌。二筒は釘宮・笠置の現物、阿南にもほぼ安牌。
この時結城は、リーチが入った時の一発目に備えて二筒を温存し、打西を選んだ。
結果としてこの一打を起点に、凄まじい自摸の変化が全員に訪れる事になる。
北家笠置は、親の切った西を碰《ポン》。

笠置

ポン

白中を残して萬子両面を外しに掛かる。
笠置のオタ風一ナキにより場は一瞬で硬直した。風牌は全て初牌、この時点で他三家は四喜和を警戒する。

次巡に結城、東自摸。

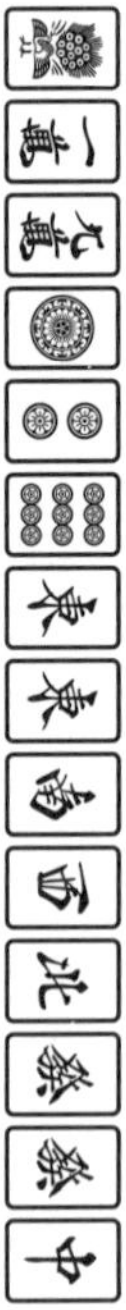

今度は東を残して發を打ち出す。これに西家阿南が動いた。

阿南

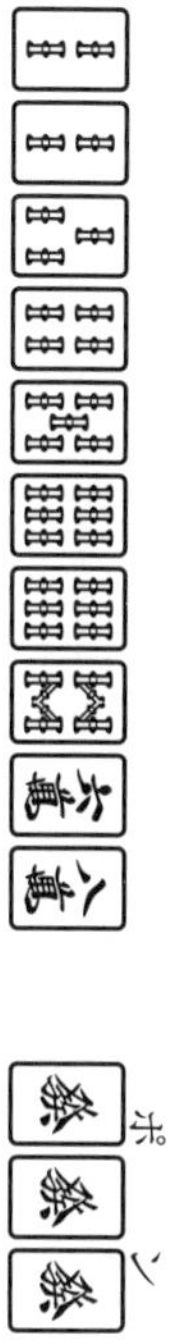

ところが阿南のナキで結城に白が入り、遂に十一巡目で聴牌。

結城

九索待ち親の国士である。

一方この数巡で釘宮にも劇的な自摸が続いていた。笠置・阿南の碰が変わり目になり、今までとは自摸の手応えが全く違う。連続して索子しか自摸らず、盲牌の都度ザクっとした感触と共に要牌が入った。

釘宮

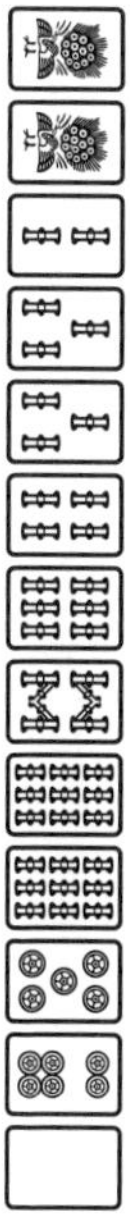

十一巡目、ここに一索を自摸って白勝負。

釘宮

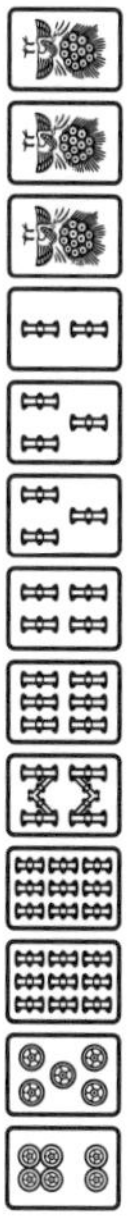

同巡、阿南の手牌も急速な変化を見せた。

阿南

ここに四索を引き、阿南はハッキリ大役に照準を定める。

阿南

笠置もこの時、不退転となった。

笠置

遂に南を対子にしたのである。この牌姿を得た以上は、もう退かない。
『どれでもいい、暗刻れっ』とひたすら念じ続けた。
すると一念通天、遂に十一巡目に南を自摸った。

笠置

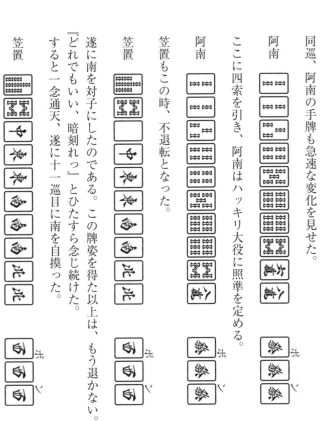

十二巡目、結城は北自摸。

結城

東北どちらを切っても笠置に叩かれる気がしたが、親の国士を張っている以上、前進しかあり得ない。平然と打東。予想通り笠置が碰。

笠置

結城に追い着いて聴牌を果たした。

この六九索は同巡、釘宮と阿南に分配される。

釘宮

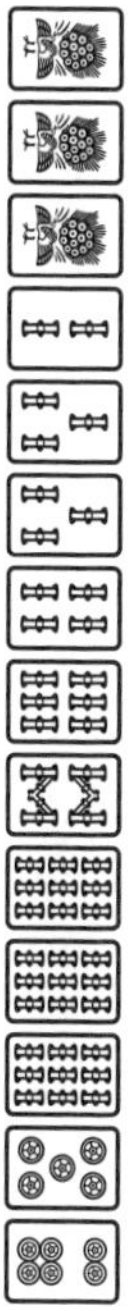

釘宮はもう九索は打てないと思い定めていた。である以上、筒子を払ってまっしぐらだ。

阿南

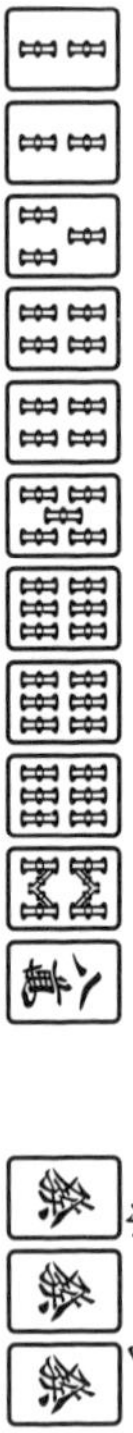

六索を自摸ったこの時、阿南は考える。ドラ跨ぎ六索は打てない。ならばこの手は行く末六六六八索の待ちになる。或いは九索を引かされて六六六八九の辺張か。

いずれにしてもキー牌は七索と八索だが、まだ山に残っているのだろうか。

また九索を引くと、雀頭は二索で作る必要があって索子下は安易に形を決められない。

ここに至っても阿南は柔軟で、緑一色《リュウイーソウ》だけに固執していなかった。

十四巡目、釘宮も聴牌を迎えた。

釘宮

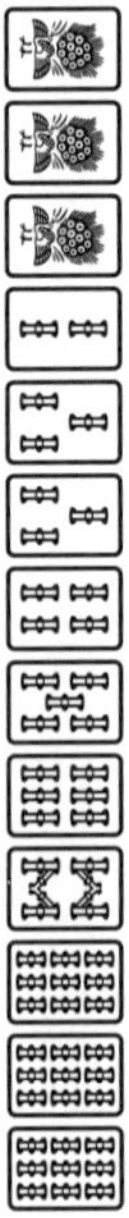

嵌七索で九蓮《チューレン》が完成する。しかし次巡、釘宮は四枚目の九索を引いてしまう。

慎重に打三索。嵌張から辺張に変わったが、待ち牌は変わらない。

釘宮

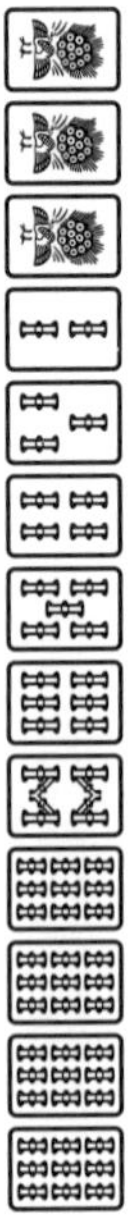

この三索に阿南が動く。

阿南

打五索で阿南も聴牌。

これにより、全員が索子上で役満を聴牌する事となった。

結城

釘宮

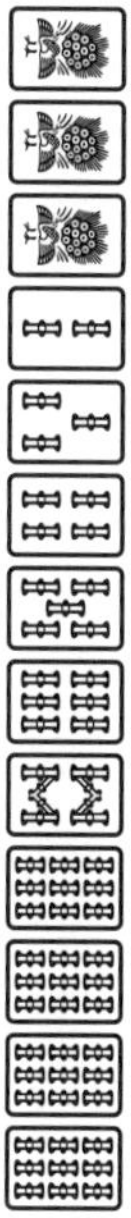

阿南

笠置

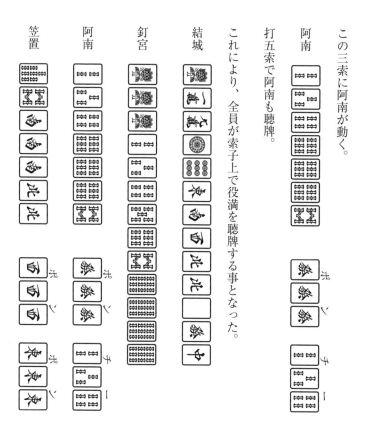

結城と笠置の待ち牌はもう一牌も山に無い。釘宮の辺七索は、ドラ表示牌で一牌減って残り二枚。阿南が高目一枚、安目二枚の合計三牌で最も有利だった。

しかし待ち牌の数は当然四人に分からず、この時全員が迎賓館最後の勝負時と信じて必死だった。

十五巡、十六巡、全員が息苦しい緊迫にのめり込んでいた。

自摸る際、キリキリと音がするように牌が絞られる。

既に手替わりの意志は誰にも無く、黙々と自摸切りが続く。

和了牌以外全て行くと定め、皆一歩も退かない。

四人それぞれが発する無言の気合は凄まじい。その気合が白い電光となり、幾筋も卓上で交差するような錯覚を、等しく全員が見た。

次の瞬間「ウン」と小さく呟いて、釘宮が自摸牌を引き寄せる。

七索が開かれた直後、卓上の時がほんの束の間止まった。

重い沈黙が流れ、誰も口を開かない。

釘宮

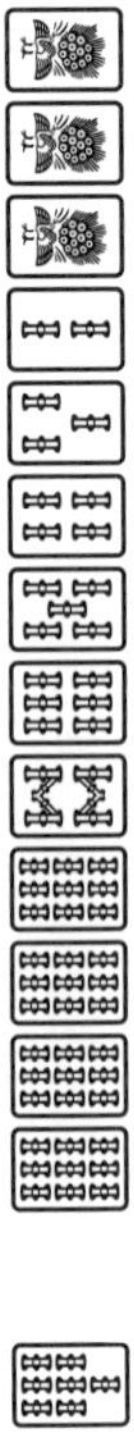

ツモ

自手を開ける者は居なかったが、全員が他三者の牌姿を見抜いており、迎賓館最後の夜に起きた手役衝突の結果を、じっと見つめた。

敏江は、この時四人が静止したままの画像が焼き付いて、いつまでも忘れられなかった。

54

オーラスはもう、埋《うず》み火のようだった。

ラス前一局だけの、あの狂奔はいったい何だったのかと思える程、全員の手が一気に萎《な》えた。

南二局までと同様、配牌は精彩を欠き、自摸もまるで利かない。

役満は四者配給原点からだったので、トップ釘宮と親カブリを食らった結城のラスはもう動かない。ラス親の釘宮は手が入らなかったのか淡々と打ち進め、連荘に固執する気配は無かった。

北家結城が十二巡目に聴牌。

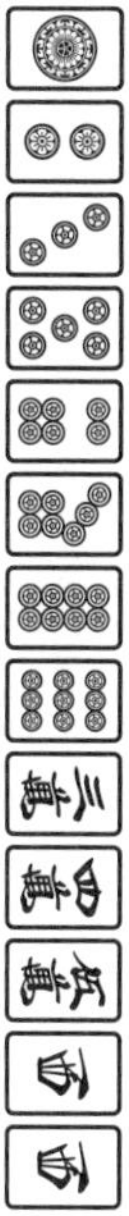

高目四筒はこの時ドラで、当然のリーチ。安目七筒を一発自摸。裏乗らず五千二百点が迎賓館最後の和了となった。

笠置が、誰にともなくぽつねんと語る。

「よく遊んだよなぁ」

阿南が応じた。

「遊びましたねぇ。イイ場でした」

釘宮は微笑して頷き、結城は黙ったまま呆《ほう》けていた。

結城は泣き出してしまいそうだった。叶うなら来週も、その先もずっと、こうして打ち続けたい。しかし、この面子で打つ事は生涯二度と無いのだろう。


清算の後、敏江が今日の為に上等なシャンパンを用意していた。

「長い間お世話になりました。私の人生で、ずっと忘れられない大切な時間を頂きました。本当に有難うございました」

短いけれど万感籠った最後の挨拶だった。五人は互いに目礼してシャンパンを呷《あお》る。

まず阿南と結城が皆にサラッと会釈し、連れ立って店を出た。

笠置は居残って敏江の片付けを手伝うらしい。


釘宮がジャージを着替えて迎賓館のドアを開けた時、春早朝の寒気が静かに吹き込んだ。日の出には時間があり、街は未だ灰色で人通りは無い。身を刺すような微風が、体の勝負熱を冷やしていくようで心地良かった。

釘宮はその日、いつもの記憶の反動痛が無い事に気付いて驚く。ダム崩壊の幻視も現れず、頭痛も吐き気も感じない。脳を襲う夥しい牌の残像が一牌も浮かぶ事なく、気分はいつになく軽かった。考えてみれば、迎賓館の帰り道に初めて味わう平静である。

駅に向かって釘宮が歩き始めたその時だった。

商店街の前後左右あらゆる建物の隙間から、濃い乳白色の煙がもくもくと猛烈な勢いで吹き出して来たのである。低く地を這いながら釘宮に向かって四方から押し寄せる煙は、これまでの霞よりもずっと濃く、しかも煙は凄まじい速度で量を増やした。

あっと言う間に釘宮を取り囲む直径五メートルの煙の円ができ、その円の外側は見渡す限り膝の高さまで煙が街の地面を覆っていた。

そこから白煙はじわじわと釘宮に近づいてくる。

釘宮は動きを止めた。

足が竦んだのではなく、観念したのだ。

釘宮はふと、自分が最後に記憶する風景は何なのだろうと考え、思わず呟いた。

「あーぁ。夜のヒットスタジオじゃん」

本作は書き下ろしです。

カバー写真
pictus photography / iStock / Getty Images

大慈多聞（だいじ・たもん）
長く広告業界に身をおいていた以外の詳細は非公表。
現役当時のモットーは “less work, more money”
好む人物は柳沢淇園、今村均、中井祐樹。
好む楽曲は『愛愁』、『時を少し』、『カヤバコーヒーのうた』。

雀荘《じゃんそう》迎賓館《げいひんかん》最後《さいご》の夜《よる》

著　者
大慈《だいじ》多聞《たもん》

発　行
2024年4月15日

発行者　佐藤隆信
発行所　株式会社新潮社
〒162-8711　東京都新宿区矢来町71
電話　編集部　03-3266-5411
　　　読者係　03-3266-5111
https://www.shinchosha.co.jp

装幀　新潮社装幀室
印刷所　錦明印刷株式会社
製本所　大口製本印刷株式会社

乱丁・落丁本は、ご面倒ですが小社読者係宛お送り下さい。
送料小社負担にてお取替えいたします。
価格はカバーに表示してあります。

ISBN978-4-10-355591-9 C0093